DU MÊME AUTEUR

Essais

UNE HISTOIRE DES HAINES D'ÉCRIVAINS. DE CHATEAUBRIAND À PROUST, Flammarion, 2009 (avec Anne Boquel).

UNE HISTOIRE DES PARENTS D'ÉCRIVAINS. DE BALZAC À MARGUERITE DURAS, Flammarion, 2010 (avec Anne Boquel).

LES DERNIERS DES FIDÈLES, Flammarion, 2013 (avec Anne Boquel).

LES PLUS JOLIES FAUTES DE FRANÇAIS DE NOS GRANDS ÉCRIVAINS, Payot, 2015 (avec Anne Boquel).

LE CRÂNE DE MON AMI. LES PLUS BELLES AMITIÉS LITTÉRAIRES DE GOETHE À GARCÍA MÁRQUEZ, Payot, 2018 (avec Anne Boquel).

LE TU ET LE VOUS. L'ART FRANÇAIS DE COMPLIQUER LES CHOSES, Flammarion, 2020.

ÉTIENNE KERN

LES ENVOLÉS

roman

nrf

GALLIMARD

Pour Anne.

À la mémoire de Muriel Bassou.

Il semble que ce soit le ciel qui ait le dernier mot. Mais il le prononce à voix si basse que nul ne l'entend jamais.

RENÉ CHAR,
La Parole en archipel

Tu as les yeux fermés, les bras ballants, la tête légèrement penchée. Tu portes une large casquette, des gants, des souliers vernis, une combinaison de couleur sombre qui fait comme une bouée au-dessus de tes épaules. Tu es l'image de la douceur. On dirait l'artiste qui, au moment de saluer son public, chavire sous le poids d'un amour débordant.

Dans l'angle supérieur droit, une série de diagonales dessine ce qui ressemble à des visages. C'est l'un des piliers de la tour Eiffel. Juste en dessous, un flamboiement noir : un arbre.

Tout le reste est gris pâle, presque blanc – blanc du ciel, blanc du sol, couvert de sable. Et sur ce blanc, une autre tache noire, presque au centre de la photo, un peu à ta droite : la silhouette d'un homme qui marche.

Tu vas te mettre à marcher, toi aussi.

Tu vas rouvrir les yeux, les lever vers le ciel, t'approcher du pilier et t'engager lentement dans l'escalier.

I

4 février 1912, au petit matin. Une trentaine de personnes s'étaient rassemblées là, devant la tour Eiffel. Des policiers, des journalistes, des curieux. Tous levaient les yeux vers la plateforme du premier étage. De là-haut, le pied posé sur la rambarde, un homme les regardait. Un inventeur.

Il avait trente-trois ans. Il n'était pas ingénieur, ni savant. Il n'avait aucune compétence scientifique et se souciait peu d'en avoir.

Il était tailleur pour dames.

Il s'appelait Franz Reichelt.

*

Il venait de Bohême, un vieux royaume qui mourait lentement au bord d'un vieil empire.

Il y avait un village près de Prague, Wegstädtl, c'est là qu'il était né, dans une petite maison grise que longeait le fleuve. Tout autour, des champs de houblon et, plus loin, dans toutes les directions, de longs sentiers qui se perdaient sous les arbres.

Il n'avait pas voulu devenir cordonnier comme son père ; le tisserand de la ville d'à côté l'avait pris comme apprenti. À l'âge où l'on se choisit une vie, il était allé à Vienne pour entrer chez un couturier. Il était consciencieux, habile de ses mains : après quelques années, en 1900, il était parti tenter sa chance à Paris, capitale de la mode.

Les débuts avaient été durs. Il ne savait pas un mot de français. C'était un étranger. Pire, presque un Allemand. On se méfiait encore, alors, des vainqueurs de 70. Mais il avait fini par trouver un patron, puis un autre, avant de s'installer à son compte, tout près de l'Opéra, au 8 de la rue Gaillon. Une chambre, un petit salon pour recevoir ses clients, une pièce un peu plus vaste qui lui servait d'atelier : c'était son royaume à lui et il s'y sentait bien.

Il vivait seul.

*

Il avait les yeux clairs, presque gris, ceux d'un rêveur. Ses larges moustaches se relevaient curieusement quand il souriait. Sa voix, profonde, avec des accents rauques, était capable d'une grande tendresse.

Il avait gardé de ses premières années en France l'habitude de s'exprimer avec lenteur. Quand il butait sur un mot, il masquait sa gêne derrière un sourire timide, hanté par la peur d'être jugé, méprisé. Il parlait toujours à voix basse.

Il lisait peu. Le soir, ses yeux étaient fatigués d'avoir,

des heures durant, examiné des fils et des aiguilles. Parfois, il rouvrait pourtant, avec une émotion qui l'étonnait lui-même, un livre qu'une cliente, un jour, avait oublié chez lui. Elle n'était jamais venue récupérer le manteau qu'elle avait commandé. Il avait interrogé les voisins, les commerçants : plus personne ne l'avait vue. Elle était morte, sans doute. Le livre était resté. C'était un recueil de poèmes, des classiques, ceux qu'on apprend à l'école. Franz ne les comprenait pas tous ; leur charme n'en était que plus fort. Il s'en imprégnait sans même s'en rendre compte, émaillant son discours de formules surannées et d'images déconcertantes.

À ceux qui l'écoutaient, il parlait des nuages et des larmes, de ces mondes lointains, de toutes ces choses de la terre et du ciel que ne savent que les enfants et les fous.

Mais la plupart du temps, il ne disait rien.

*

Chaque matin, vers sept heures, il ouvrait la porte à Louise et l'accueillait d'un sourire. Elle le saluait d'un signe de tête, passait dans l'atelier et s'asseyait à sa table de couture. C'était une femme mince, aux gestes précis, qui se tenait très droite. Elle venait de Berlin. Ils se parlaient en allemand.

À l'époque où il l'avait engagée, quelques années plus tôt, il hébergeait encore sa sœur cadette, Katarina, qui avait quitté leur village natal et rêvait d'un avenir à Paris. Un jour, la porte était restée ouverte. Il avait eu l'impression soudaine d'être observé : sur le seuil, une fillette de deux ou trois ans, pieds en dedans, mains derrière le dos, lançait des regards timides autour d'elle, séduite et comme rassurée par ce lieu merveilleux où des caisses d'emballage, des bobines de fil et des monceaux de tissu s'offraient à ses doigts. Il avait fait quelques pas vers elle. Elle s'était précipitée sous une table.

Il allait lui parler quand une femme avait pénétré dans la pièce, essoufflée. Elle sortait de chez un fournisseur installé au rez-de-chaussée. Sa fille lui avait échappé, elle l'avait cherchée partout, elle était désolée, affreusement désolée.

Franz lui avait tendu une chaise.

À la fin de la journée, Katarina était rentrée. Il lui avait expliqué qu'il recruterait une employée. Elle s'occuperait un peu de l'appartement et l'aiderait à l'atelier. Elle s'appelait Louise Schillmann. Son patron ne pouvait plus la payer. Elle avait une fille à charge, Alice.

— Tu sais qu'elle te laissera tomber quand la môme aura le nez qui coule ?

Il avait répondu qu'il avait une décision difficile à prendre et qu'il réfléchirait. Le lendemain, il avait dit à Katarina qu'il l'aiderait à se trouver une chambre quelque part.

*

Dans les premiers jours de 1906, Katarina rencontra un bijoutier qui la couvrit de cadeaux et fit d'elle sa fiancée. De ce moment, elle eut de la pitié pour son frère qui, disait-elle, n'avait pas la tête bien solide et jetait son argent par les fenêtres.

En vérité, ses affaires se portaient bien. Un soir, il examina ses comptes et découvrit qu'il pouvait engager un apprenti. Il embaucha Maurice, un gaillard de quatorze ans qui vivait juste en face.

Maurice arrivait chaque matin un peu après Louise et la rejoignait dans l'atelier. Franz, lui, allait et venait entre l'atelier et le salon, où entraient les premiers clients.

Puis les clients repartaient, Maurice et Louise retournaient chez eux, les heures s'ajoutaient les unes aux autres et les rideaux n'en finissaient pas de s'alourdir dans le silence du soir.

Franz restait seul.

*

Chaque semaine, le même jour, à la même heure, il partait en promenade. Il prenait la rue Saint-Augustin puis la rue de Richelieu et gagnait le square Louvois. Là, il faisait le tour de la fontaine et s'arrêtait un instant. Alors il levait les yeux vers les arbres et regardait les feuilles soulevées par le vent.

Il rentrait toujours par le même chemin.

À l'atelier, ensuite, il n'avait jamais l'air d'être vraiment revenu. On aurait dit qu'il voyait encore les arbres au-dessus de sa tête. Du bout des doigts, il esquissait parfois dans le vide la forme d'une branche ou d'une écorce qui lui avait paru belle.

Maurice s'étonnait, insistait, voulait faire dire à Louise que le patron n'avait pas toute sa tête. Louise haussait les épaules en souriant. Elle aimait la manière qu'il avait de vous regarder, sans vous juger, comme si votre seule présence était une joie. Sa façon d'exprimer exactement ce que vous ressentiez avait fini par la convaincre qu'il avait une sorte de don.

Maurice répétait : C'est un drôle de type, tout de même.

*

Alice allait sur ses six ans. Certains jours, quand elle ne pouvait pas faire autrement, Louise l'emmenait avec elle rue Gaillon. La fillette passait des heures dans le salon, saluant les objets un à un. Un vase. Une armoire. Une chaise. Puis elle recommençait, de sa petite voix aiguë.

Maurice sortait, excédé. Louise se confondait en excuses. Franz souriait.

Il emmenait parfois Alice avec lui au square Louvois. En chemin, il lui apprenait les noms des plantes ou lui montrait mille détails qu'il découvrait avec elle.

Elle l'adorait. Quand, la nuit tombée, Franz cherchait son recueil de poésies, il n'était pas rare qu'il fût au milieu des affaires d'Alice – crayons, gomme, grandes feuilles recouvertes de taches.

Elle ne savait pas encore lire. Sa voix résonnait étrangement, comme si elle vous parlait de très loin. Parfois, à sa manière de baisser les yeux, d'ouvrir la bouche, de bouger les pieds, vous aviez une sensation pénible, comme un problème, une menace, quelque chose qui s'avançait et vous alertait. Puis elle partait soudain d'un grand rire, vous courait dans les bras et vous étiez rassuré.

Louise murmurait : Si seulement son père…

Elle n'en disait jamais plus. Franz ne posait pas de questions. Il savait sans savoir. Une histoire de violence, de dettes, la déchéance d'un mari qui noyait sa vie dans l'alcool, disparaissait, revenait, plein d'une colère vaine envers le monde et lui-même.

Louise, à tout moment, trouvait des prétextes pour aller sur le balcon, laver les vitres, chasser des araignées. On la retrouvait en larmes et répétant qu'il ne fallait pas faire attention à elle.

*

C'était une merveille de taffetas gris, à la fois très sobre et très ouvragée. Le tissu, incroyablement léger, s'éclairait de lueurs roses à certaines heures du jour. Un liseré de dentelle soulignait la taille.

Rue Gaillon, on disait simplement : la Robe.

Franz l'exposait depuis des années sur un vieux mannequin de bois, dans un coin du salon. Bien des clients avaient souhaité l'acheter ; il s'était toujours refusé à la vendre.

Alice pouvait toucher aux ciseaux, ouvrir les tiroirs, s'approprier chaque recoin de l'appartement, mais pas s'approcher du mannequin. C'était la seule règle que fixait Franz. La fillette pressait sa mère de questions : d'où venait cette robe ? Qu'avait-elle de spécial ? Louise n'en savait rien. Elle n'avait jamais rien vu d'aussi bien cousu.

Certains soirs, Franz s'attardait devant la Robe, visage fermé, lèvres tremblantes. Quand on lui demandait s'il se sentait mal, il répondait qu'il allait parfaitement bien. Il sortait sur le balcon et y restait longtemps, appuyé à la rambarde.

La première fois qu'il le vit ainsi, de dos, penché vers l'avant comme s'il cherchait à toucher quelque chose, Maurice crut qu'il pensait à sauter et se précipita vers lui.

Franz le regarda d'un air surpris.

— Le ciel est beau, ce soir.

Je collectionne les photos de toi.

Je ne saurais dire où ces deux-là ont été prises, ni quand. Je les ai trouvées dans un journal de l'époque.

Sur la première, c'est d'abord ton col qui attire mon regard : d'un blanc éclatant, il émerge d'un costume bouffant, arrondi, de couleur sombre. Les coutures, sur le ventre et à hauteur des avant-bras, sont très visibles. Deux pointes de tissu, derrière lesquelles se devine une armature métallique, s'élèvent au-dessus de tes épaules. Tes bras sont écartés, tes mains ouvertes. Tes pieds et tes chevilles sont pris dans une sorte de caoutchouc.

Tu poses. On a l'impression que tu fais des essayages.

Sur ton visage, les yeux, pleins d'ombre, font comme une barre que ta moustache, très large, redouble un peu plus bas. Tu as les cheveux peignés. Derrière toi, un mur gris.

Tes bras nous accueillent. Tu as l'air désolé, battu d'avance. C'est comme si tu nous disais : Ce n'est que moi.

Sur l'autre image, tu nous invites à découvrir l'intérieur de ta combinaison. Une série de sangles, plus claires que le reste, partent des hanches et s'accrochent à divers endroits du vêtement. Tes bras esquissent une ligne horizontale ; tes jambes, ton buste, ton visage – regard buté, soleil dans les yeux – forment un axe vertical prolongé par l'espèce de hotte de tissu qui surplombe ton corps, tendue par deux tiges déployées à une trentaine de centimètres du crâne.

L'ensemble dessine une croix.

Le mur s'élève très haut ; je ne vois pas le ciel.

Au sol, des cailloux, des brindilles et, je crois, les morceaux d'une cruche brisée.

De ses débuts à Paris, plusieurs années plus tôt, Franz avait gardé un ami : Antonio Fernandez.

C'était en 1900. Franz arrivait tout juste d'Autriche-Hongrie. Il avait passé la journée à solliciter les tailleurs du quartier de l'Opéra, son vieux chapeau dans une main et, dans l'autre, une courte lettre de recommandation, rédigée dans un français douteux par son maître viennois. Il n'y avait de place nulle part.

Le soir, découragé, il entra dans un café. Un homme vint s'asseoir à sa table. Il avait les cheveux d'un noir profond.

— Je t'ai vu chez mon patron, tout à l'heure. Tailleur, toi aussi ?

Franz hocha la tête.

— Allemand, hein ?

— Autrichien.

— C'est pareil : ils ne veulent pas de toi parce que tu n'es pas d'ici. On m'a fait la même chose.

Antonio venait d'Aranjuez, près de Madrid. Il avait

vingt-quatre ans, deux de plus que Franz. Il vivait à Paris depuis longtemps.

— Viens avec moi.

Une heure plus tard, Franz était embauché.

*

Antonio savait tout faire. Chanter des airs d'opéra, démonter un moteur, fixer le patron dans les yeux et lui dire : Non. Dans ses heures de loisir, il dessinait des robes légères qu'aucune dame n'aurait osé porter.

Il semblait toujours s'ennuyer un peu. Il avait des mains superbes, extraordinairement fines.

— Je ne serai pas tailleur toute ma vie, répétait-il entre deux bouffées de cigarette, les yeux brillants.

Franz et lui ne travaillèrent ensemble que quelques mois. Antonio s'établit à son compte près de la Madeleine, rue Richepanse. Son assurance et sa belle allure lui attirèrent bientôt une riche clientèle, si bien qu'il put, un peu plus tard, ouvrir une succursale à Nice. Il prit l'habitude de passer une partie de l'année à Paris, l'autre sur la Côte d'Azur, où les Anglais en villégiature raffolaient de ses créations. Il devint presque riche et se maria.

Franz ne le voyait désormais que deux ou trois fois par an, à Paris – il avait l'air de s'ennuyer de plus en plus. Il ne parlait pas de sa femme, qui ne l'accompagnait jamais.

On lisait parfois son nom dans la presse : il participait à des courses automobiles.

*

C'est sans doute avec l'arrivée en France des frères Wright, en 1908, que tout avait changé. Il y eut, un an plus tard, la traversée de la Manche par Blériot. Des écoles de pilotage ouvraient, d'abord près du Mans, puis à Pau. Les records commençaient à s'accumuler – vitesse, altitude, durée de vol.

La France se découvrait une passion nouvelle.

Chauffeurs de taxi, étudiants, coureurs cyclistes, des centaines de têtes brûlées se prenaient à rêver des nuages. C'était plus qu'un engouement, c'était une frénésie, un élan gigantesque comme après une longue absence. Les étagères se tapissaient de revues spécialisées. Jamais les cœurs n'avaient vibré de plus d'émotions. Çà et là, des appareils construits dans des arrière-boutiques ou des cours de ferme s'élevaient laborieusement dans les airs avant de retomber.

Partout, les pieds enfoncés dans le sol, des foules se rassemblaient, poussant le même cri de plaisir, les bras tendus vers tous ces héros, ces perdus, ces damnés qui lançaient de gros jouets vers le ciel sans savoir qu'ils y creusaient leur tombe.

En ce temps-là, on ne parlait pas encore d'avions.

On parlait d'aéroplanes.

*

Ce fut un éblouissement.

Du jour au lendemain, Antonio ne voulut plus entendre parler de couture ni de voitures, confia ses affaires à des gérants, se fit livrer à grands frais un moteur de vingt-cinq chevaux, des mètres de toile caoutchoutée, du bois, des câbles de toute sorte, et s'enferma dans un hangar.

Il en ressortit avec un biplan, le *Fernandez*, qui ne s'éleva pas d'un centimètre.

Alors il démonta son appareil, pièce par pièce, dessina de nouveaux plans et reprit tout depuis le début.

Un beau matin, Antonio s'épongea le front avec un mouchoir taché d'huile et eut un sourire : il avait devant lui le *Fernandez II*.

Quelques semaines plus tard, le 22 août 1909, il exposait son appareil à l'hippodrome de Bétheny, près de Reims, où s'ouvrait ce jour-là le premier meeting international d'aviation de l'histoire. Plusieurs dizaines de milliers de spectateurs étaient attendus. Les trains n'en finissaient pas d'arriver. On avait construit une gare pour l'occasion. Des tribunes immenses, des dizaines de hangars, des boutiques bordaient la piste. À des kilomètres à la ronde, on voyait les ballons et les dirigeables évoluer avec lenteur dans le ciel. Les meilleurs pilotes du monde étaient là, attirés par les sommes énormes offertes à ceux qui iraient le plus vite, le plus loin, le plus haut.

Au milieu des curieux, des journalistes, des mécaniciens, on pouvait apercevoir Armand Fallières, président de la République, Aristide Briand, chef du gouvernement, le général Brun, ministre de la Guerre, Lloyd George, chancelier de l'Échiquier britannique, ou encore le prince Albert de Belgique, ainsi que tout ce que la Champagne comptait d'élus, de notables, de vice-présidents, de sous-directeurs par intérim, d'adjoints et d'assesseurs bénévoles. Ils tapotaient l'épaule des participants, posaient des questions dont ils n'écoutaient pas les réponses, se congratulaient les uns les autres devant la marche du progrès.

Il pleuvait des cordes.

Le public ne témoignait qu'un intérêt poli aux dirigeables et autres ballons. Ils avaient contre eux d'exister depuis des décennies. On venait voir les trente-huit aéroplanes inscrits aux compétitions.

On venait voir les frères Wright, les pionniers, qui construisirent de leurs mains le *Flyer*, à bord duquel, un jour de décembre 1903, ils s'élevèrent l'un après l'autre à trois mètres du sol et parcoururent plus de deux cents mètres sur une plage de Kitty Hawk, en Caroline du Nord.

On venait voir Louis Blériot, encore tout auréolé d'avoir, le 25 juillet, traversé la Manche en trente-sept minutes et qui, l'avant-dernier jour du meeting, le 28 août, s'écraserait violemment et réussirait à s'extraire, sous les applaudissements de la foule, d'un appareil en flammes.

On venait voir Hubert Latham, l'explorateur dandy, qui, en décembre 1910, s'enorgueillirait d'être le premier aviateur à tuer un canard en vol sans lâcher les commandes de son aéroplane.

On venait voir Curtiss, Tissandier, Delagrange, Farman, Santos-Dumont, on venait voir ces fous qui, n'ayant devant les yeux que records et conquêtes, cherchaient un chemin vers le ciel.

Fernandez ? Personne ne le connaissait.

*

Antonio, au milieu de la foule, derrière les barrières, murmurait une prière à la Madone. Quelques heures plus tôt, il avait renoncé à prendre les commandes lui-même. Un pilote s'en chargerait. Il se savait trop nerveux pour réussir. Et c'était bien assez, à ses yeux, d'être un constructeur.

Le moment venu, l'appareil prit position sur la piste. Les autres engins s'envolaient les uns après les autres. Son tour arrivait. Il espérait bien remporter l'un des prix.

Le *Fernandez II* ne bougea pas d'un pouce. Le moteur était noyé.

Une photo, encore. La date est incertaine. Le journal qui la publie indique qu'elle a été prise près de Paris, à Joinville. Tu t'entraînes à voler.

Tout en haut, deux diagonales fendent le ciel gris : au milieu, le toit d'une grange ; à droite, celui d'un bâtiment plus imposant, quadrillé par des poutres en colombage. Une étable, sans doute. Vers l'avant, un empilement grossier de pierres et de mortier : une porte condamnée. La grange, elle, est en bois ; les planches, fines et droites, forment comme des hachures verticales.

Traversant de bas en haut la partie droite de l'image, une ligne oblique. C'est une échelle, posée contre l'étable. Est-ce dû à la lumière ou à la couleur du bois ? Le bas de l'échelle est grisâtre ; le haut, presque blanc.

Le photographe t'a saisi en plein saut, à deux mètres du sol. Tes jambes sont légèrement fléchies, tes pieds pointent vers le bas. Deux sangles partent de tes chevilles et rejoignent, un peu plus haut, la partie droite d'une grosse bulle de tissu qui dissimule ton buste et ta tête. La toile, très sombre, occupe à peu de chose près le centre de la photographie. Des jeux d'ombres y creusent des reliefs.

Une vague ondulation épouse, peut-être, la courbe de ton visage.

En contrebas, un peu décalée vers la gauche, ton ombre dessine un cercle sur la grange. Elle tombe juste sur une porte à deux battants.

Tout en bas, par terre, une couche de paille.

J'aime ta silhouette sur la porte close. J'aime cette impression de sérénité, de lévitation. Tu es comme un enfant qui prend un parapluie et saute d'un muret ; c'est une chute pour rire. Et j'aime par-dessus tout cette cloche de tissu qui dérobe ton visage : tu es n'importe qui.

Tu es le rêve, la foi, le désir, le vertige.

C'étaient les premiers jours d'octobre 1909. Une lueur grisâtre tombait des verrières du Grand Palais. La première Exposition internationale de locomotion aérienne se tenait là depuis quelques jours.

Des centaines de personnes déambulaient dans de vastes allées le long desquelles s'alignaient des aéroplanes. Deux ballons dirigeables, attachés à des cordes, laissaient planer leur ombre grise sur le sol. La chaleur était insupportable. Franz regardait autour de lui. Il se sentait perdu. L'aviation, au fond, ne l'intéressait pas. C'était pour son ami qu'il venait.

Il mit du temps à trouver le stand. Antonio était seul. Derrière lui, entouré d'un cordon rouge, se trouvait un assemblage de bois et de tissus, monté sur un tricycle. C'était joli, léger, fragile comme une enfance.

Le visage d'Antonio s'illumina.

— Voici l'*Aéral*, Franz, dit-il en suivant des yeux les quelques curieux qui s'approchaient du stand. J'y ai mis le meilleur de moi-même.

Une vieille dame s'avança timidement. Le stand de

Louis Blériot se trouvait-il dans cette partie de la salle ? À ce qu'on disait, on pouvait y voir l'appareil dans lequel il avait traversé la Manche.

Antonio fit un geste en direction d'un attroupement, non loin de là. Quand il fut seul avec Franz, il tourna vers lui son visage défait.

— La prochaine fois, je ne laisserai les commandes à personne. Et tu verras, moi aussi, je vais voler. Plus haut et plus loin.

Et tout en parlant, il relevait lentement la tête. Les yeux noyés, il se laissait griser par l'appel du possible et les grands vents du progrès.

*

Avant de rentrer chez lui, ce soir-là, Franz prit la rue Saint-Augustin puis la rue de Richelieu et gagna le square Louvois. Là, il fit le tour de la fontaine et s'arrêta un instant. Alors il leva les yeux vers les arbres et regarda les feuilles soulevées par le vent.

Les marronniers avaient jauni.

Il ressentait une étrange tristesse. Il n'avait pas vu venir l'automne.

*

La nuit était tombée. Franz s'apprêtait à se coucher quand il entendit qu'on toquait à la porte. C'était Antonio.

Son haleine sentait l'alcool. Il parlait fort.

Il s'affala sur un fauteuil.

— Je repars demain, le temps de démonter l'*Aéral*, le

mettre dans un train. J'ai déjà des idées pour l'améliorer. Le moteur, l'aileron arrière. Je reprends les essais la semaine prochaine. Et cette fois-ci…

Franz hochait la tête avec compréhension. Antonio avait changé. Ces regards de bête traquée, cette voix, ce déluge de paroles, c'étaient ceux d'un homme qui avait peur et voulait se rassurer. Quelque chose le rongeait.

Il ne cessait de parler. Il n'avait jamais été aussi heureux, répétait-il, c'était une joie entière, personne n'avait idée du bonheur qu'il éprouvait dans son hangar ou lorsqu'il montait dans son appareil.

Ses mains tremblaient.

Franz demanda : Est-ce que c'est si important ?

Comme Antonio restait silencieux, il reprit :

— Tes appareils. Le temps, l'argent, l'énergie que tu y consacres. Tu vas y laisser la santé. Tu vas…

Franz s'interrompit. Antonio se redressa dans son fauteuil et eut un sourire. Franz était un faible. Comme les autres.

Il éprouva soudain le besoin de lui faire du mal.

— Qu'est-ce que tu as accompli, toi ? Regarde-toi. Regarde cette pièce, c'est petit, c'est sombre, tu es seul.

Et alors qu'il embrassait machinalement le salon d'un regard circulaire, ses yeux tombèrent sur la Robe.

— Et cette vieillerie, là… Tu n'avances pas, Franz. Le passé, toujours…

Franz ne réagit pas. Antonio n'était pas lui-même. Il avait bu. C'était sa peur qui parlait. Sa peur, sa hantise de l'échec.

Franz se releva.

— Je vais faire du café.

À son retour, Antonio s'était endormi. La bouche à moitié ouverte, la tête en arrière, il avait l'air d'un enfant.

Franz étendit une couverture sur lui puis éteignit la lumière.

*

Au matin, Antonio ne gardait aucun souvenir de la veille. Il remercia Franz et dit qu'il retournait au Grand Palais, pour démonter l'*Aéral*.

— J'allais oublier, ajouta-t-il au moment de partir, j'ai quelque chose pour toi.

Il sortit une enveloppe de son veston et la tendit à son ami. Franz la tourna et retourna dans ses mains, comme si c'était la seule chose qui lui restât d'une époque très ancienne. À l'intérieur, une photo. Un homme pointait le doigt vers le ciel. L'image était floue, ç'aurait pu être n'importe qui ; c'était Antonio. De son autre main, il touchait un fuselage d'aéroplane. L'image avait été pliée en deux. Le papier était abîmé à l'endroit du pli.

— Mets-la quelque part en hauteur, dit Antonio.

Il se mit à rire très fort puis repartit.

Cette photo-là date du matin même, le 4 février 1912. On voit clairement l'un des piliers de la tour Eiffel, à ta droite. On y est. C'est pour tout à l'heure. Poings serrés, torse bombé, regard fier, ton allure en impose. Tes pieds sont comme plantés dans le sol. Tes moustaches, toujours aussi massives, se relèvent légèrement.

Tu y crois. Tu crois en cette chose, dans ton dos, qui, dix, vingt, trente minutes plus tard, ne s'ouvrira pas.

Au fond, vous y croyez tous. Non pas à ton parachute, mais à la gloire, à la nation, au progrès, à l'idée même d'un avenir. Vos avions à vous ne disent pas la peur, la bombe en plein vol, les prises d'otages, le World Trade Center, les disparitions au-dessus de l'océan, l'empreinte carbone, l'imminence du désastre. Votre monde paraît plus simple, mieux dessiné que le nôtre, joyeusement naïf. Dans les cafés, dans la rue, dans les écoles, vous parlez du prix des céréales, de l'empire de Chine, de la conquête du pôle Sud. Vous ne voyez pas cette guerre qui vient et va vous balayer. Vous ne savez pas que les civilisations sont mortelles.

Tu n'es pas seul, sur cette rambarde, à cinquante-sept mètres du sol. Avec vos moustaches, vos bérets, vos ombrelles et vos beaux chapeaux, vous y êtes tous, penchés au-dessus du même gouffre.

Vers la mi-novembre, Antonio quitta Nice et prit ses quartiers dans l'aérodrome de la Bragne, près d'Antibes. Il s'était aménagé une chambre dans le hangar qui abritait l'*Aéral*. Avec deux assistants, il faisait chaque jour de nouveaux réglages. Les essais étaient encourageants.

Le 27, l'appareil s'éleva à une vingtaine de mètres, puis une bourrasque le rejeta vers le sol. Une des ailes se brisa. Antonio en sortit indemne.

L'aile fut rapidement réparée. Un mécanicien fit remarquer que la corde du gouvernail montrait de sérieux signes d'usure. Elle frottait en permanence contre une plaque de tôle. Il fallait la remplacer par un câble métallique.

— Combien de temps pour en trouver? demanda Antonio.

— Pour qu'il soit de bonne qualité, trois jours, peut-être deux.

— On fera sans.

Le lendemain, 28 novembre, un orage l'empêcha de faire quoi que ce fût. Il en alla de même le 29. Le 30, à Nice, sa femme donna naissance à une fille. Il arriva presque à l'heure. L'accouchement fut difficile. À son réveil, elle le supplia de rester à ses côtés quelques jours.

Le 5 décembre au soir, il était de retour à la Brague, mécontent de lui-même. Dans un geste maladroit, il cassa un miroir. Un vague sentiment d'inquiétude le prit. Il n'aimait pas le bruit du vent.

Le 6, vers sept heures, le vent tomba. Avec le mécanicien, il inspecta l'appareil une dernière fois. La corde du gouvernail tiendrait bon. Il fit sortir l'*Aéral* du hangar.

L'engin s'élança, prit de la hauteur, monta jusqu'à trente mètres.

*

Le 7 décembre, plusieurs journaux publièrent des comptes rendus. On incriminait le gouvernail. Sans doute la corde avait-elle cédé lors d'un virage. Une chute à la verticale. Le pilote tué sur le coup, son corps écrasé par le moteur, sa tête enfouie dans la terre froide.

Trente-trois ans.

Une jeune veuve, une fille qui n'avait pas deux semaines.

Dans le journal que Franz tendit à Louise sans être capable de prononcer le moindre mot, on pouvait lire ceci :

« Mme Fernandez, qui n'est pas complètement rétablie, n'a pas encore été avertie de l'étendue du malheur qui la frappe. On s'est borné, jusqu'à maintenant, à l'aviser que son mari avait été victime d'un accident et qu'il avait un bras cassé ; on lui fera

connaître ainsi petit à petit toute la vérité» (*Le Petit Parisien*, 7 décembre 1909).

*

Ce jour-là, Franz ne prit ni la rue Saint-Augustin ni la rue de Richelieu.

Il descendit l'avenue de l'Opéra jusqu'au Louvre, tourna vers les Tuileries où quelque chose, dans le dénuement des arbres, le fit s'arrêter un instant. Il poussa ensuite jusqu'au Grand Palais, traversa la Seine, longea les Invalides, bifurqua vers le Trocadéro, revint brusquement sur ses pas en arrivant au cimetière de Passy et perdit toute notion de l'espace comme du temps.

Il fuyait.

Il regardait ses pieds pour ne pas voir la vie simple et heureuse des passants. Il marchait pour ne plus penser, se répétant qu'il y aurait de la douceur à se laisser tomber et à rouler dans la Seine. Puis cette tentation même le faisait souffrir et il pressait l'allure. Il s'enfonçait dans une ruelle étroite et soudain, devant lui, des avenues entières s'ouvraient d'un coup comme des gouffres. Alors il prenait peur, rebroussait chemin puis, seul dans la foule, repartait à la recherche d'une chose qu'il ne trouverait jamais. Tout était vide.

Vers le soir, il s'assit au bord du fleuve.

Les fenêtres rougeoyaient sur les façades. De grands nuages gris se tordaient au-dessus des immeubles. Le ciel tombait en lambeaux. La tour Eiffel, dans un écroulement de métal, projetait sa masse sombre sur la Seine.

Franz gardait les yeux fixés sur ce reflet.

Il sentait peu à peu refluer, venu d'un autre siècle et d'un autre pays, tout un passé de choses tues et de rêves avortés.

*

Il a seize ans, dix-sept peut-être. Il arrive de Vienne après des mois d'absence. Sa mère est là, elle l'attend à la gare. Elle le regarde avec affection.

Il marche dans les rues du village. La poussière colle au visage. Il retrouve les sensations de son enfance, l'odeur du houblon séché, la chaleur accablante.

Son père a les mains épaisses. C'est un homme aigri, voûté, épuisé, la sueur fait luire sa peau grêlée. Les heures passées à travailler le cuir l'ont durci.

Il s'assied à l'avant de la charrette avec lui. Le silence est pesant. Ils souffrent tous les deux d'être si étrangers l'un à l'autre. Ils ont soif.

Les betteraves sont en avance, déclare d'un coup le père. Franz ne trouve rien à répondre, il s'en veut, aimerait être ailleurs.

Ils entrent chez un voisin. Le vieux Wagner remplit des verres de liqueur. Il parle du passé avec le père. Il a le regard triste. Il s'est remarié récemment.

Mme Wagner est belle.

Franz retourne chez les Wagner, seul. Il offre son aide pour récolter les betteraves. Elles sont longues et fines, parfois rebondies, lisses comme des crânes. Il n'en peut plus de fouiller les mottes de terre.

Il se repose sous un arbre. Mme Wagner le rejoint. Martha, appelle-moi Martha. Elle le tutoie, l'appelle le petit Reichelt. Elle est venue apporter du vin, de l'eau, de quoi manger. Il l'a vue arriver de loin, une silhouette élancée, une robe bleue, elle a traversé le pré, enjambé la clôture avec légèreté. Elle repart. Tout l'après-midi, il la revoit traverser le pré. Il poursuit dans sa mémoire les traces qu'elle y a laissées, les mèches qui s'échappent du grand chapeau, les lèvres sèches, les paupières qui brillent un peu.

Le soir, Wagner le garde à dîner. La lampe à pétrole éclaire le visage de Martha. La robe bleue laisse ses épaules nues.

On vient chercher Wagner, il faut qu'il aille dans l'étable, un vêlage difficile.

Les mains qui s'effleurent dans l'escalier.

Martha penchée sur le balcon.

Elle lui montre la vue, les méandres du fleuve, les reflets dorés sur l'eau, la nuit qui se lève. Elle fait un geste vers les collines qui, certains matins, sont si bleues qu'on les distingue à peine du ciel. Ses cheveux sont parfumés.

Il sent encore, sur la peau, le poids de ce corps qu'il a reçu sur le sien comme une vague.

*

Franz était debout dans le salon, silencieux. Louise n'osait pas parler. Elle le voyait perdu dans ses pensées. Il regardait le mannequin. La Robe.

— Racontez-moi, finit-elle par dire.

Franz tourna son regard vers la fenêtre. Le ciel avait la couleur de la cendre.

— Je suis allé chez Martha plusieurs fois. Puis il a fallu repartir à Vienne. Je suis revenu quatre mois plus tard.

Il se tut quelques instants.

— Il neigeait. Je n'avais prévenu personne. J'avais hâte de retrouver Martha et en même temps j'avais peur. Je suis allé chez mes parents, d'abord. C'est ma sœur qui m'a ouvert. Ma mère était assise près du poêle. Elle ne disait rien. Mon père ne parlait pas non plus. Je crois qu'ils étaient contents de me voir. À un moment, j'ai dit à mon père que je comptais rendre visite aux Wagner. Je lui ai demandé si je pouvais leur apporter quelque chose de sa part.

Ses lèvres se mirent à frémir. La tête dans ses mains, il reprit, d'une voix qui n'était plus tout à fait la sienne :

— Martha était morte. Plusieurs semaines avant. Mon père m'a appris ça et il est sorti. Il n'y avait aucune émotion sur son visage. Ma mère me regardait toujours.

Louise resta muette. Franz répondit à la question qu'elle ne posait pas.

— Je suis parti deux jours plus tard. Avant mon départ, ma mère m'a dit : Il la cognait, tu sais. Wagner.

Les ombres s'allongeaient autour d'eux. Le salon plongeait dans l'obscurité.

— Je n'ai jamais su si c'était à cause de moi. Je crois que…

Sans finir sa phrase, il ajouta :

— La robe grise, sur le mannequin, c'était pour elle. Je l'ai commencée pour elle. Quand je l'ai terminée, c'était toujours pour elle, mais elle était morte.

Louise, toujours silencieuse, pensait à sa fille, à son mari qui était parti.

Et elle dit :

— Les gens que nous aimons, nous ne pouvons rien pour eux.

Il existe un film, aussi.

C'est un vieux court-métrage en noir et blanc, sans bande sonore. On doit les images à deux cameramen qui s'étaient postés, l'un sur la plateforme de la tour Eiffel, l'autre, cinquante-sept mètres plus bas, sur le Champ-de-Mars. Elles sont déchirées de zébrures. Des taches blanches y font comme des flocons.

Au début, tu es encore en bas. Derrière toi, des arbres décharnés, des lampadaires se découpent sur le fond gris. À l'arrière-plan, quelques immeubles dessinent une ligne claire sous le ciel.

Les traits de ton visage sont noyés dans l'ombre. Tu décroises les bras et, lentement, tu commences à tourner sur toi-même. Tu nous montres quelque chose : cette grosseur, tout contre ton dos, dans laquelle tu mets tes espoirs. Ton parachute.

Te voici de nouveau face à nous. Tu soulèves ta casquette pour saluer la caméra. Tes moustaches se recourbent légèrement : tu souris.

Changement de plan. Ton corps est recouvert d'un grand drap de couleur sombre. Deux pointes de tissu s'élèvent au-dessus de tes épaules. À mesure que tu agites les bras, le bas de la combinaison se ratatine. Tes gestes sont maladroits, saccadés, bouffons.

Tu es en haut, sur la plateforme du premier étage. Tu es debout sur une chaise. La chaise est posée sur une table.

Sur la droite, un peu plus bas, deux autres hommes. L'un d'eux porte une casquette et une écharpe. Il inspecte ta combinaison et t'adresse des encouragements. Le second, coiffé d'un haut-de-forme, demeure immobile, les mains crispées sur sa canne. Son visage est grave, impénétrable.

Vous avez froid, tous les trois. Dès qu'il le peut, l'homme à la casquette enfonce les mains dans ses poches. De la buée sort de ta bouche. Tu respires de plus en plus vite.

Toujours sur ta chaise, tu regardes autour de toi. Tu cherches quelque chose dans les yeux des deux autres – l'autorisation, peut-être, de ne pas penser à ce qui t'attend. Puis tu replies les bras, tu secoues la grande toile qui se tord dans ton dos et tu poses le pied droit sur la rambarde.

Léger travelling latéral. Les deux compagnons sortent peu à peu du champ; sur la gauche s'ouvre un abîme. Trente-neuf secondes s'écoulent. Le gouffre t'effraie autant qu'il te fascine: tu te penches, te rejettes instinctivement en arrière, te penches à nouveau, recules, te courbes vers l'avant, retiens ton souffle un long moment puis finis, dans un grand nuage de buée, par sauter.

Changement de plan : l'une des arches de la tour Eiffel.

Un instant plus tard, un point noir se détache du demi-cercle de métal. À peine l'a-t-on repéré qu'il s'impose à nous, terrifiant, comme une tache énorme sur le ciel. Une chose qui n'a de nom dans aucune langue, moins qu'un homme, plus qu'un mort, une masse obscure et dérisoire tombe devant nous.

C'est toi.

La caméra saisit le moment où, dans une gerbe de poussière, tu t'écrases sur le sol. C'est tout juste si la chute a duré quatre secondes.

On aimerait croire à un gag. Charlie Chaplin en danseur sur chaise. Buster Keaton en inventeur du parachute qui ne s'ouvre pas. Sur Internet, tu occupes une bonne place au palmarès des morts les plus stupides de l'histoire. On ironise. On se gausse devant ce costume de super-héros raté.

Sauf qu'à la fin d'un gag, on se relève. On ne creuse pas un trou de quinze centimètres dans la pelouse du Champ-de-Mars.

Ce matin-là, ce matin froid de février, tous t'ont vu sourire, plisser les yeux, lisser une dernière fois tes longues moustaches. Ils t'ont vu te tourner vers eux pour leur adresser un geste avant de t'engouffrer dans l'escalier.

Et ils t'ont entendu crier dans ta chute.

II

Une lumière blanche, trop forte. Une fatigue qu'elle n'a jamais éprouvée. L'impression qu'on lui écrase le crâne et qu'on lui déchire la poitrine.

Quand elle rouvre les yeux, elle ne distingue rien, sinon, en face d'elle, sur le mur, une grande horloge. Elle n'arrive pas à lire l'heure.

Elle appelle l'infirmière, lui montre l'horloge.

L'infirmière ne se retourne pas. D'une voix sucrée, elle dit : C'est un très beau bébé que vous avez dans les bras.

Voilà les seuls souvenirs qu'elle gardait de ce jour-là.

Et puis ces mots : Antonio ne viendra pas.

*

La suite n'était qu'un long brouillard. Elle avait eu la fièvre pendant six semaines. Quand elle fut rétablie, on lui montra, pliée sur une chaise, une robe de veuve qu'on lui dit de porter. Le bébé avait été confié à une nourrice. Des affaires d'Antonio, il ne restait rien : les employés étaient partis, les magasins de Nice et de Paris avaient été vendus pour éponger les dettes.

Emma avait vingt-huit ans.

La même nuit, elle se leva brusquement et se dirigea vers un pont qui, tout près de la maison de ses parents, surmontait une voie de chemin de fer. Elle resta près d'une heure debout sur le parapet, comme hypnotisée.

Son père la retrouva et la gifla. Sa mère lui dit qu'elle leur faisait honte. Devant les voisins, on mit l'épisode sur le compte de la fièvre.

Le lendemain, elle reprit son bébé avec elle et annonça à ses parents qu'elle partait.

Ils poussèrent des cris, elle était ingrate, les décevait, les avait toujours déçus. Elle leur répondit qu'ils avaient raison mais qu'elle ne resterait pas.

Elle irait à Paris. Elle ne savait ni ce qu'elle y ferait ni ce qu'elle en attendait, mais c'était la première fois qu'elle prenait une décision et elle s'y tiendrait.

*

C'étaient les premiers jours d'avril 1910.

Tout juste arrivée de la Gare de Lyon, son bébé dans les bras, Emma se fit indiquer la rue Richepanse. Elle eut bientôt devant elle une vitrine décorée, au rez-de-chaussée d'un bel immeuble. Elle s'approcha. Sur les murs, tendus de velours rouge, s'alignaient de larges miroirs dorés. Deux ou trois employés s'affairaient autour d'une dame qui fouillait d'un air las dans une corbeille pleine de rubans.

Elle y était. La boutique de son mari.

L'ancien gérant d'Antonio l'avait rachetée à prix cassé.

Emma se dirigea vers lui. Il la reconnut, puis l'accueillit avec une extrême politesse. Pouvait-il lui être agréable d'une manière ou d'une autre ? Elle répondit en quelques mots rapides. Elle ne connaissait personne à Paris. Elle savait coudre, repriser, faire des broderies. Le bébé avait quatre mois. Une fille, Rose.

L'homme la dévisagea, hésita un moment puis sembla faire des calculs. Il finit par dire qu'il pouvait la prendre trois jours par semaine au magasin. Le reste du temps, elle n'aurait qu'à travailler à son compte, depuis chez elle, comme brodeuse. Il avait justement un logement à louer dans l'immeuble. Ce n'était pas grand, mais très propre. Cela permettrait à Madame de s'occuper du bébé. Pour les trois jours dans la boutique, il faudrait trouver une nourrice et la payer. En plus du loyer, bien sûr.

Emma accepta tout.

Elle se laissa conduire dans une petite chambre, sous les combles. Des murs blanchis à la chaux, un lavabo, une table, une chaise, un lit étroit. Emma eut un long regard sur ce qui serait désormais le décor de sa vie, serra Rose contre elle et s'écroula de fatigue sur le lit.

Au matin, elle sortit, se fit indiquer deux ou trois nourrices installées dans le quartier, confia le bébé à l'une d'elles et entra dans l'atelier.

Le nouveau maître des lieux l'examina une nouvelle fois, eut l'air satisfait, lui présenta un vieux châle, lui mit un ouvrage de couture dans les mains et lui dit de s'asseoir près de l'entrée.

L'effet fut admirable. Deux semaines durant, la boutique ne désemplit pas. Clients, voisins, badauds se bousculaient devant Emma. On expédiait les condoléances puis on l'accablait de questions. Était-elle montée à bord de l'appareil ? Avait-elle rencontré les frères Wright ? Est-ce qu'à Nice, les journaux parlaient beaucoup d'Antonio ?

Elle baissait les yeux. Elle n'y connaissait rien, murmurait-elle. Ou encore : C'est le passé.

De sa douleur, de ce qu'elle avait enduré, de ce qu'elle pouvait espérer, personne ne se souciait.

On venait voir la veuve.

*

Emma ne sortait de sa chambre que pour déposer Rose chez la nourrice, retrouver sa place au magasin ou parcourir les deux ou trois rues qui traçaient les frontières de son nouvel univers. Le reste du temps, cloîtrée chez elle, elle brodait tout en veillant sur Rose. Un commis, une concierge toquaient parfois pour lui confier de menus travaux qu'elle réalisait pour le lendemain.

Le soir, elle ouvrait la lucarne et passait là de longs moments, assise dans la pénombre. Elle pensait au temps qui n'avançait pas, aux jours de vent sur la mer, là-bas, à Nice, et à la poudre dorée que font les mimosas.

Antonio… Il parlait de moteurs comme il aurait parlé d'une autre femme, avec cruauté. C'était une ivresse, de la rage. Dès qu'il le pouvait, il s'enfermait dans son bureau ou il sortait. Quand il revenait, maussade ou insupportablement joyeux, c'était sans la regarder, sans rien dire des heures qu'elle avait passées, seule. Elle l'acceptait, comme elle acceptait tout de lui. Elle n'avait jamais rien su de sa vie à Paris. Elle l'avait aimé, l'aimait encore. Mais elle lui en voulait de lui avoir tout pris quand elle avait tout donné. Elle lui en voulait de l'expression qu'il avait eue, ce jour-là, à l'hôpital, quand elle l'avait supplié de rester avec elle. Elle lui en voulait d'être parti. Elle lui en voulait d'être mort.

C'étaient les mêmes pensées, toujours. Emma sentait sur elle le regard des clientes du magasin ; elles avaient cette manière de la dévisager, comme si elles la surveillaient ; ses vêtements étaient toujours trop noirs, ou pas assez. Ses parents, chaque semaine, lui adressaient des lettres, exigeaient son retour, parlaient d'argent, disaient qu'elle avait tort d'être partie, que rien de tout cela n'avait de sens. Et Rose… Qu'aurait-elle à lui offrir ?

La lucarne l'apaisait un peu. L'air frais lui faisait du bien. Elle laissait venir à elle la rumeur de la ville, les clochettes des omnibus, les cris d'enfants, la vie.

De là-haut, elle ne voyait rien. Les passants n'étaient qu'un frémissement de voix, des bruits de pas. Elle éprouvait une vague tendresse à leur égard. Rose grandirait ici, parmi eux. Elle deviendrait l'un de ces enfants qu'elle entendait rire et qu'elle imaginait marchant deux par deux, bras dessus, bras dessous, sous le regard d'un grand-père souriant, tout étonné d'être encore de ce monde et saluant chaque matin comme s'il était le dernier.

Il n'était pas trop tard. Une autre vie était possible.

Et chaque soir, à moitié endormie déjà, elle se promettait que le jour d'après elle irait explorer ces avenues, ces places, ces boulevards qu'elle avait vus en photo dans les journaux.

Ce vieux film en noir et blanc, je l'ai découvert un soir d'hiver, sur Internet.

Sur les sites, on parlait d'une alerte à la bombe à Madrid, de la guerre en Syrie, de massacres au Nigéria, d'une explosion dans le ciel de Somalie. Et quelque part, au milieu des désastres du jour, à la rubrique « éphéméride », il était question du geste fou d'un inventeur qui, cent quatre ans plus tôt, le 4 février 1912, s'était jeté de la tour Eiffel.

J'ignorais alors ton nom. Le site proposait de voir une vidéo, tournée le jour même par des reporters du Pathé-Journal, qui diffusait à l'époque des courts-métrages d'informations dans les salles de cinéma. C'était quasiment la première fois, dans l'histoire, qu'une caméra saisissait la mort en direct.

J'ai cliqué.

Il y a eu la casquette, la chaise, la buée, le nuage de poussière.

Arrivé au bout, j'ai recommencé, une, deux, trois fois.

La même scène se rejouait, comme une cérémonie dont chaque geste est codifié, chargé de sens, aimanté par quelque chose qui le dépasse : le pied sur la rambarde, le corps penché, le mouvement de recul, le grand saut, tout convergeait vers la quatre-vingt-deuxième seconde – l'instant précis où tu atterris sur le sol.

Chaque visionnage me racontait une autre histoire. Tu étais un nouvel Icare, puni par les dieux pour ton audace. Tu voulais mourir. Tu mourais plein d'espoir, aveuglé jusqu'au bout par ton rêve. Tu étais une victime. Sans cette caméra, peut-être, tu aurais fini par redescendre de cette chaise, bredouiller quelques excuses et rentrer chez toi. Tu étais un héros : tu refusais le réel, tu faisais sauter les rambardes.

Tu étais tous les scénarios. Tu étais tout ce qui m'obsède. Le souvenir des corps qui chutent. L'évidence de cette quatre-vingt-deuxième seconde qu'il faudra bien vivre un jour. Cette vérité si troublante : l'expérience du vertige n'est pas la peur de tomber mais le désir de sauter.

Tu étais ces cauchemars qui me hantent depuis l'enfance : le sol qui s'ouvre, une plaque de neige qui glisse, une barrière qui lâche et m'entraîne avec elle ou m'arrache ceux que j'aime.

C'est Maurice qui, le premier, entendit parler de l'arrivée d'Emma Fernandez. Il faisait une livraison. Tandis qu'il prenait la rue Richepanse, à quinze minutes de la rue Gaillon, un petit attroupement l'avait intrigué. Il s'était renseigné, on parlait beaucoup d'elle dans le quartier. On disait qu'elle brodait bien et qu'elle avait du mérite. Certains la trouvaient distante, d'autres timide. Elle était bien jeune pour être veuve.

Tout en écoutant Maurice, Franz ouvrit un placard, en sortit un chemisier, puis un autre, ainsi qu'une vieille nappe.

— Tu vas retourner là-bas. Apporte-lui ça, dis-lui qu'il faut refaire les broderies. Demande-lui la somme qu'elle en veut et donne-lui le double.

Maurice revint une demi-heure plus tard.

— Elle a accepté le travail, mais pas l'argent en plus.

*

La journée s'achevait.

Louise venait de sortir. Alice, bien calée dans un fauteuil, attendait son retour. Franz était assis en face d'elle. La bouche entrouverte, elle tournait les pages du vieux livre de poésies. Par moments, son visage s'éclairait, elle déchiffrait quelques lettres à voix haute ou suivait du doigt les contours d'une image, et l'instant d'après elle retrouvait son air morne, comme si tout s'éteignait en elle.

Son regard se fit soudain plus intense. Elle fixait quelque chose, derrière lui, avec un étonnement calme. Franz se retourna.

Une femme se tenait dans l'encadrement de la porte.

Elle était vêtue d'une robe de laine noire, très simple. Elle regardait la Robe, sur le mannequin.

Franz ne l'avait jamais vue. Il sut d'emblée qui elle était. Elle, en revanche, n'avait jamais entendu parler de lui.

Il se leva d'un coup et se dirigea vers elle. Elle lui tendit un paquet.

— Les broderies, dit-elle à voix basse.

Comme Franz semblait ne pas comprendre, elle ajouta :

— Vous me les avez demandées l'autre jour. Votre employé.

Il secoua la tête, l'air de dire que tout cela n'avait aucune importance.

— Est-ce que je peux faire quelque chose pour vous ?

Emma garda les yeux rivés sur lui pendant quelques secondes, puis les tourna vers Alice, qui tenait toujours son livre dans les mains. Elle finit par murmurer :

— Tout va bien.

Puis, après une pause :

— Tout ira bien. Excusez-moi. Je dois partir.

Il aurait voulu la retenir, lui dire de rester un peu, mais il ne trouva pas les mots.

Quand elle fut sortie, il se rendit compte qu'il n'avait pas parlé d'Antonio.

Et sans en avoir conscience, il se pencha vers la photographie qu'il avait posée sur le guéridon, à l'autre bout du salon.

*

Une semaine avait passé. Franz se dirigeait vers le square. Il avait plu. Les arbres brillaient.

Il s'arrêta soudain.

Elle était là, de l'autre côté de la rue, assise sur le rebord de la fontaine. Le buste légèrement penché en arrière, elle laissait courir ses doigts sur la surface de l'eau. Devant elle, un landau. Elle portait la même robe noire. Ses cheveux, lâchés, dessinaient des boucles folles qui retombaient sur son front et ses épaules.

Franz songea à rebrousser chemin. Qu'aurait-elle à faire de lui ? Il avait peur d'être pris de haut, avec sa balourdise, ses fautes de français et son gros accent. Et lui témoigner sa pitié, c'était peut-être lui faire mal.

Il s'avança pourtant.

Il lui dit qu'elle l'avait sans doute oublié mais qu'ils s'étaient rencontrés dans son atelier.

— Je me souviens de vous, répondit-elle sans montrer d'émotion, comme s'il était tout naturel pour eux de se croiser en cet endroit et à cet instant. Il y avait aussi votre fille. Elle lisait.

Franz fit des gestes, rougit, expliqua maladroitement qui était Alice. Il n'avait pas d'enfants. Il n'était pas marié. Alors qu'il parlait, une tristesse sourde s'abattait sur lui.

Emma parut penser à quelque chose puis se pencha vers le landau.

— Voici Rose. Elle a bientôt six mois.

Le bébé dormait. Ses petites mains étaient ouvertes. Sa respiration faisait un léger sifflement.

— Votre mari…, commença Franz.

Emma ne réagit pas.

Franz sentit un souffle d'air froid. De larges gouttes de pluie s'écrasèrent sur le sol.

*

Comme Emma se levait brusquement, Franz lui proposa de la raccompagner. Elle accepta.

Tout en marchant, elle dit quelques mots. C'était la première fois qu'elle s'aventurait jusque-là. Elle avait voulu voir l'Opéra, l'avait trouvé sans difficulté mais s'était ensuite égarée. Elle s'était retrouvée square Louvois par hasard. Franz lui évitait de se perdre une nouvelle fois.

Quand ils arrivèrent rue Richepanse, elle le remercia puis s'engouffra dans l'immeuble avec le landau.

Franz, d'abord, ne bougea pas, attiré malgré lui par une grande vitrine où roulaient avec lenteur de grosses perles d'eau. Il y posa son front. Il vit défiler des ombres grises qui traînaient après elles de longs vêtements brumeux. Des lueurs dorées semblaient s'allumer et s'éteindre sur leur passage.

Il resta là quelques instants, sous la pluie, face à l'ancienne boutique d'Antonio.

*

Rose tomba malade. Emma resta quelques jours sans sortir de la chambre. Franz n'osait pas retourner rue Richepanse. Quand il était au square avec elle, Alice lui demandait pourquoi il regardait partout. Chez lui, il passait de longs moments devant la photo, sur le guéridon.

Un soir, dans l'atelier, il se mit à rassembler des chutes de tissu.

Il en fit naître des bras, des jambes, un petit visage, tout un corps rembourré, avec des cheveux de laine, une robe à pois rouges, un col et des manches garnis de dentelle. À la fin, il trempa la tête et l'extrémité des membres dans du thé pour leur donner une couleur de peau, puis il cousit des yeux, un nez minuscule et une bouche souriante.

C'était, à la vérité, une poupée ravissante. Un très beau cadeau pour Rose.

Franz s'apprêtait à sortir quand sa sœur entra.

Il soupira. Quand Katarina surgissait rue Gaillon, toujours à l'improviste, avec ses grands foulards, ses bagues et ses manies – elle étalait ses affaires autour d'elle et déplaçait chaque objet, comme pour laisser sa marque –, c'était pour lui adresser des reproches ou lui parler d'héritages, de rentes, de vieilles tantes sans enfants.

Elle espérait bien que son frère resterait célibataire et laisserait son peu d'argent à ses deux fils.

Instinctivement, Franz jeta un vêtement sur la poupée, qui se trouvait toujours sur sa table de travail.

— Qu'est-ce que tu veux ?

Katarina ne daigna pas répondre. Comme à son habitude, elle furetait, de-ci, de-là, sans avoir l'air d'y attacher aucune importance. Il savait bien qu'elle le surveillait.

— Qui est-ce ?

Katarina examinait le guéridon.

Franz se mordit les lèvres.

— Un ami.

Elle releva la tête.

— Depuis quand tu as des amis ?

Il fit un geste vague.

— Ah, ton ami, oui, l'aviateur.

Elle avait prononcé ce dernier mot avec une emphase ironique.

— On m'a dit que tu fréquentais sa veuve. Tu veux la consoler ?

Elle eut un petit rire de gorge, avant de passer un doigt sur un meuble, trop heureuse de constater qu'il était couvert de poussière. Cette Louise, décidément, n'était bonne à rien. Et quand on pensait au temps qu'il consacrait à cette petite attardée, cette pauvre gamine, comment s'appelait-elle déjà ?

— Alice. Elle s'appelle Alice.

Franz, les poings serrés à s'enfoncer les ongles dans les paumes, avait répondu d'une voix très douce.

Longtemps, sinon ton nom, je n'ai rien su de toi.

J'aimais à t'imaginer, la nuit tombée, penché à un balcon, les yeux levés vers les étoiles. J'aimais ces longs moments silencieux passés à rêver ta vie, ton mystère. Devant la vidéo, je me laissais submerger par des images venues de loin, des souvenirs où de vieux mythes se mêlent à des visages familiers, des rêves où tout s'effondre.

Je me demandais s'il y avait une tombe à ton nom, quelque part à Paris, et s'il me serait possible, un jour, de la trouver.

Un matin, je me suis mis à lire les articles que t'ont consacrés les journaux, après ta mort. Ils sont tous numérisés. Ils indiquent ton adresse, ton âge, citent tes voisins, la concierge de ton immeuble. Ils décrivent ton calme, ta bonne humeur au moment de gravir les marches de la tour Eiffel. En marge des témoignages, des explications, des interviews, ils donnent à voir des photos, une dizaine.

Beaucoup plus que ces déluges de mots, c'étaient ces photos qui m'attiraient. J'ai commencé à les rassembler. Je les ai imprimées, classées, collées dans un grand cahier gris.

Et bientôt, j'ai pris conscience qu'en rouvrant ce cahier, je revenais toujours à la même image : celle de toi devant la grange, à Joinville, le visage couvert de tissu, quelque part entre la terre et le ciel.

Il faisait chaud, déjà.

Franz marchait, perdu dans ses pensées.

Derrière lui, Alice serrait contre elle la poupée qu'il venait juste de lui offrir. Une poupée ravissante, avec une robe à pois rouges. Il avait renoncé à la donner à Rose.

Ils étaient presque arrivés square Louvois quand une voix les appela. C'était Emma. Elle s'avançait vers eux en poussant le landau. Ses yeux étaient creusés de fatigue.

Franz eut comme un frisson. Il resta silencieux. Tout ce qu'il pouvait avoir à dire lui paraissait vain, dérisoire, déplacé. Alice, elle, dévisageait Emma, l'air contrarié. Elle avait l'impression qu'on lui prenait Franz. Un instant plus tard, elle riait aux éclats, attendrie par le bébé qui jetait de grands regards autour de lui.

Emma sourit. Rose avait été malade mais allait beaucoup mieux. Le patron lui avait donné sa journée. Elle voulait profiter du beau temps.

Franz bredouilla quelque chose. Une demande, une question ? Il n'aurait su le dire lui-même. Toujours est-il qu'Emma reprit son chemin et qu'il l'accompagna. Alice marchait deux pas en avant, une main posée sur le landau.

Ils arrivèrent au Champ-de-Mars. Emma et Franz s'assirent sur un banc. Rose s'endormit. Alice courut ici ou là, finit par se lasser et se faufila entre les deux adultes, sur le banc.

Ils parlaient peu. Ils s'abandonnaient l'un comme l'autre à la douceur de l'instant.

Par moments, une ombre passait sur le visage d'Emma. Elle pensait à Nice, à la rancœur de ses parents, à la ligne de chemin de fer au-dessous du parapet. Puis elle croisait les yeux de Franz et se disait qu'elle n'avait jamais été regardée comme cela, d'un regard sans désir, ni mépris. Un regard qui attend. Un regard qui dit: Parlez-moi. Alors ils échangeaient un sourire léger, à peine esquissé, rapide, comme deux adolescents qui s'apprivoisent.

— On dirait de la dentelle, dit Franz en désignant la tour Eiffel.

— À moi, elle me fait peur, répondit Emma. C'est trop haut. Trop absurde.

Sans le savoir peut-être, il répéta les mots qu'il avait prononcés l'autre jour, au square:

— Votre mari…

— On me dit que c'était un héros. Je ne sais pas. J'ai bien souffert.

Elle baissa les yeux vers le landau. Rose dormait toujours. Emma chercha dans les traits de l'enfant quelque chose qui lui rappelât Antonio.

— Excusez-moi. Je n'aime pas trop parler de lui.

Elle ajouta, d'une voix plus triste qu'elle ne l'aurait souhaité:

— Je crois qu'il faut rentrer.

Quand ils furent au pied de l'immeuble de la rue Richepanse, Emma prit la main de Franz et murmura :

— Merci.

Il eut l'impression qu'il avait vu briller, à la base des paupières d'Emma, deux petites taches de lumière argentée.

*

De retour chez lui, Franz sentit remuer en lui des souvenirs mystérieux et apaisants, comme les prières qu'on apprend dans l'enfance et dont, parfois, quelque chose remonte à la mémoire.

Il revoyait son ami, dix ans plus tôt, au fond de l'arrière-boutique, une cigarette à la bouche, une main dans les cheveux, parlant de sa voix grave et chantante, éclatant soudain d'un rire qui n'appartenait qu'à lui. Plusieurs semaines durant, ils avaient tout partagé ; ils s'étaient raconté leur vie, leurs espoirs. Et même après, quand Antonio était parti pour ouvrir son propre atelier, ils se retrouvaient souvent, chez l'un ou chez l'autre, dans la rue, au café, plus complices que jamais. Ce n'est qu'à la toute fin que les choses avaient changé.

Franz ferma les yeux. Antonio mort, écrasé. Des chairs boursouflées, un visage labouré, traversé par des déchirures mauves, quelque part dans une lande.

Puis il prit la photo sur le guéridon, l'examina une dernière fois et la glissa dans un tiroir.

Sur la photo de Joinville, il n'y a pas que ces toits, cette cloche de tissu qui te cache, cette porte close sur laquelle se projette ton ombre. Il y a aussi ces bâtiments rudimentaires, ces murs réparés grossièrement, ces planches, cette allure de ferme. C'est comme si je les reconnaissais. Ils m'entraînent loin de Joinville, de la rue Gaillon, et c'est soudain, tirée d'un passé plus lointain, une grande maison vide que je revois, avec des pièces où l'on ne devait pas entrer, des dépendances pleines de nids de guêpes et une vieille grange fermée à clé où s'entassaient des bouts de bois, des briques, des outils d'un autre temps. Après la grange, derrière une porte qui tombait en miettes, une longue bande de terre avec des poules, des chats, un noyer. Dans la maison, assise sur une chaise de la cuisine ou du salon, jamais ailleurs, ma grand-mère attendait nos visites.

Dans la cuisine, au-dessus de l'évier, une étagère de verre. Sur l'étagère, un flacon d'après-rasage qui n'avait pas bougé depuis plus de vingt ans. Ce flacon me fascinait. C'était, avec une pile de photos de lui – jeune, chevelu, fringant, puis soudain épais, le crâne dégarni, les yeux humides, les joues rougies, un verre de vin à la main –, l'une des seules traces qui restaient d'un homme que je n'ai pas connu : mon grand-père.

Il était né aux confins de l'Allemagne, en Prusse-Orientale – un ancien monde, une sorte de Bohême. C'est la guerre qui l'avait mené en Alsace. Soldat à dix-sept ans, fait prisonnier, envoyé là comme travailleur forcé en 45, il était resté pour se marier. Il se faisait embaucher ici ou là, comme jardinier, comme ouvrier, comme bûcheron ; sur certaines photos, il est à l'avant d'un camion chargé de lourds troncs d'arbres.

Il portait un prénom qui me faisait sourire : Helmuth. Il parlait une langue à lui, beaucoup d'allemand, un peu d'alsacien, quelques mots de français, très peu, juste ce qu'il fallait pour se faire comprendre. Au village, il y avait de la méfiance dans les regards qu'on lui adressait : il venait de trop loin ; il venait du mauvais côté de l'histoire.

Il aimait chanter. C'était sa manière, peut-être, de se faire accepter. Au café, sur la place, entre l'église et la mairie, il ne fallait jamais bien longtemps pour qu'il se mît à fredonner. Il levait très haut son verre, lançait un rire sonore et reprenait des airs à la mode. Les gens s'approchaient de lui. C'était quelque chose, paraît-il, de l'écouter malmener de vieilles chansons dont, faute d'avoir retenu la suite, il répétait les premiers mots.

Quand il rentrait chez lui, dans la grande maison où l'attendaient les siens, il devenait presque mutique.

De la guerre, de l'Allemagne, de son enfance dans une maison rasée par l'armée russe, il ne disait jamais un mot.

Vers cette époque-là, plusieurs aviateurs moururent coup sur coup. Ce fut d'abord, à Antibes, un jeune officier dont le biplan s'était abîmé en mer ; à Pau, le même jour, un mécanicien tué par l'explosion d'un moteur ; au Mans, la nuit d'après, un pilote qui n'avait pas pu s'extraire de l'appareil et qui, blessé par un éclat métallique, s'était vidé de son sang.

Les journaux en firent leurs gros titres. D'article en article, on rendait hommage aux vaillants pionniers qui avaient si bien mérité de la patrie. On écrivait qu'ils étaient morts au champ d'honneur du progrès. On consacrait une ligne ou deux aux veuves, aux enfants. La colonne d'à côté parlait de la canicule, d'une lotion capillaire, des élections.

Ces jours-là, Emma se taisait pendant des heures, et c'étaient soudain des déferlements de phrases, un appel, un besoin de parler. Elle ouvrait un carnet et y jetait des mots sans suite, des mots de métal fondu, des mots de boue, de corps écrasés, suppliciés.

Et quand, un peu apaisée, elle rouvrait le carnet, elle

s'étonnait d'y trouver, à côté de celui d'Antonio, le nom de Franz.

*

Franz s'appuyait sur le balcon.

Il songeait aux jours qui passaient sans qu'il eût rien bâti. Il songeait à sa mère qui vieillissait là-bas, à Wegstädtl, assise à côté du poêle, les mains jointes, le bas de sa jupe longue sur le carrelage froid. Il songeait à Alice qu'il entendait chantonner derrière lui, dans le salon, et à ce bruit étrange qu'elle faisait en respirant depuis quelques semaines.

La solitude, ce soir, serait lourde.

Alice et Louise partiraient bientôt. Maurice était déjà parti. Ce n'était pas qu'il eût grand-chose à lui dire, mais il aurait aimé l'écouter un peu, malgré sa grosse voix, sa rudesse, ses gestes brusques qui le mettaient toujours un peu mal à l'aise.

Il aurait aimé, surtout, qu'Emma vînt jusqu'à lui. Emma… Oui, la solitude serait lourde à porter, ce soir.

Quand il rentra dans le salon, ses yeux tombèrent, d'abord, sur la Robe. Il détourna la tête et vit Alice, avachie dans un fauteuil, qui tournait les pages du recueil de poésies. Elle sentit son regard posé sur elle et lui sourit. Il y eut un long silence, à peine interrompu par des voix d'enfants qu'on entendait de la rue. Franz sourit à son tour.

Louise était là aussi, l'air inquiet. Elle parcourait d'un œil distrait le journal de la veille. C'était Maurice, sans doute, qui l'avait laissé là, ouvert à la page des résultats sportifs. Franz ne lisait plus la presse.

Louise eut un mouvement de surprise. Franz s'approcha d'elle. Elle hésita un moment puis lui tendit le journal. Elle y avait lu le nom d'Antonio.

Les Martyrs de l'Aviation. C'était ce que disait l'article. Déjà sept morts cette année, contre trois l'année d'avant et seulement un en 1908. La sécurité aérienne devenait une cause nationale. La Ligue aérienne et l'Aéro-Club de France s'associaient à l'initiative d'un mécène qui offrait 5 000 francs à l'inventeur d'un parachute adapté aux aviateurs : un prix était créé, le prix Lalance. L'appareil devait peser moins de vingt-cinq kilos et pouvoir s'ouvrir instantanément. Le concours était ouvert à tout le monde.

— 5 000 francs, répéta Franz.

*

Quand Louise revint, le lendemain matin, Franz était penché sur la table de l'atelier, hébété, heureux. Elle n'osa rien dire.

Il tenait dans ses mains un cahier qu'il avait couvert de cercles, de segments, de silhouettes, avec la maladresse des écoliers qui s'émerveillent d'avoir un compas dans les mains et dessinent leur première rosace.

Il n'avait pas dormi.

Il dit à Louise qu'elle pouvait prendre sa journée : il ne recevrait pas de clients aujourd'hui.

Resté seul, il se mit à l'ouvrage. Oubliant tout ce qu'il avait appris, l'angle idéal pour tenir les ciseaux, les techniques de base, il tâtonnait, livrant à son instinct le tissu qu'il sentait trembler sous ses doigts, grandir, se courber, prendre la forme d'un rêve. C'était une caresse apaisante, un pansement qui recouvrait une plaie.

Le soir, il eut devant lui une sorte de cape qui s'attachait aux chevilles et aux épaules par des sangles.

Il la serrait contre lui quand il s'endormit dans le fauteuil du salon.

*

Le jour d'après, il alla voir René Quinton, de la Ligue aérienne de France.

L'homme fit non de la tête. La cape n'offrait aucune stabilité. Le centre de gravité devait être bas, très bas, comme la poignée d'un parapluie par rapport à la toile.

Aucune chance d'avoir le prix.

Il alla voir Gaston Hervieu, de l'Aéro-Club.

Hervieu eut un sourire poli. La toile était d'une superficie ridicule : quatre mètres carrés, quand il en fallait au moins soixante pour supporter le poids moyen d'un homme.

Aucune chance d'avoir le prix.

Franz écouta religieusement. Il avait l'air de comprendre.

Mais les mots glissaient sur lui. Il n'avait nul besoin de la science, de la technique, du savoir. La volonté, le désir suffiraient. Il inventerait un parachute. Il ferait des essais, réussirait, déposerait un brevet. Il toucherait les 5000 francs. Des usines fabriqueraient son parachute.

Et tout cela, il l'offrirait à Emma.

Il lui taillerait une vie nouvelle.

*

Franz, galvanisé, reprit ses calculs et ses croquis, oublia la cape à sangles, songea quelque temps à de grandes ailes repliables dans le dos, puis finit par opter pour ce qu'il appela un *costume-parachute*. L'aviateur porterait le parachute directement sur lui, solidement cousu à une combinaison qu'il enfilerait par-dessus ses habits. Restait à trouver une solution pour plier la voilure et s'assurer qu'elle pût se déployer lors de la chute. Franz butait sur ce problème.

Pendant des jours et des jours, on le vit arpenter Paris, sollicitant l'avis des uns et des autres ou palabrant avec des fournisseurs. Les épingles se cassaient, les fils n'étaient jamais assez solides ni assez longs, le tissu n'était pas assez épais.

Il fallait des rouleaux de soie, des matériaux rares et résistants, du caoutchouc. Dans ses livres de comptes, la liste des dépenses s'allongeait.

Certains clients commencèrent à se plaindre de lui. Il prenait du retard avec les commandes. Il n'était plus aussi fiable qu'avant. Même quand on lui parlait, il semblait ailleurs, préoccupé ou distrait. Il avait une lueur étrange dans les yeux.

Un soir, il se fit une entaille au doigt. Louise, pour la première fois, le vit en colère. Il voulait rester seul. Dans la rue, quand ils le croisaient, soudain pressé, les poches sortant du pantalon ou le col déboutonné, ses voisins se mettaient à murmurer sur son passage.

Lui se sentait animé d'un élan, d'une joie qu'il n'avait jamais connus.

Un matin, il apprit de Louise que Maurice était parti travailler chez un autre tailleur. Comme elle le regardait, il eut un sourire d'excuse. Le bonheur ne s'explique pas.

C'était un jour de 1977, dans la ville où j'ai grandi, en Alsace.

L'immeuble qu'habitaient alors mes parents donnait sur une petite rue. Ils venaient d'avoir un enfant, mon frère aîné. Mon grand-père était chez eux. Ma mère était sur le balcon. Il faisait beau. Elle avait sorti sa machine à coudre pour travailler au soleil.

À un moment, mon grand-père est sorti sur le balcon. Nous n'en parlons jamais. J'ignore ce qu'il s'est passé exactement. Je n'ai jamais su si c'était le premier, le deuxième ou le troisième étage. Quand j'étais plus jeune, j'allais souvent traîner par là, je comptais les fenêtres, du bas vers le haut puis du haut vers le bas. Je ne saurais me représenter la scène. Était-il adossé à la rambarde ? S'appuyait-il par l'avant du corps ? Regardait-il le ciel ? Le chien a-t-il sauté sur lui ? Toujours est-il que la chose est arrivée : la rambarde a cédé sous son poids. Il est mort à l'hôpital, le jour même, je crois. Il avait cinquante-deux ans.

Mes parents n'ont rien pu faire. Ils sont comme ces deux

hommes, sur la plateforme, qui t'ont vu tomber : ils vivent avec ça.

Je n'ai aucun souvenir du moment où j'ai appris cette histoire. Mais je sais que mes cauchemars viennent de là, les planchers crevés, les murs qui s'affaissent, les crevasses qui éclatent soudain dans un sol de glace.

III

Les aéroplanes s'élèvent, les aéroplanes s'écrasent. La nuit tombe, les étoiles brillent à peine moins fort, un jour passe et d'autres fous prennent la relève.

Franz est à sa fenêtre. Il regarde le ciel. Il ne rêve pas de grandeur, d'envol, de gloire. Il laisse les rêves aux autres. Il veut être aimé. Il veut faire le bien. Offrir quelque chose à ce monde qu'Antonio, son ami, a quitté à jamais.

Louise tapote à la porte du salon. C'est l'heure, déjà. Elle vient dire au revoir, souhaiter une bonne soirée. Franz se retourne, lui sourit. Oui, oui, bonne soirée. Il dit ces mots en français, pas en allemand. C'est qu'il se prend à y croire : être accueilli par son nouveau pays. L'armée française commanderait des parachutes Reichelt. L'avenir s'écrirait un peu grâce à lui.

Ce serait pour Emma.

Elle quitterait sa petite chambre. Ils voyageraient. Et avant cela, il y aurait ce jour, ce moment vers lequel l'entraînent toutes ses pensées : il s'avancerait vers elle, son invention dans les bras.

Il lui dirait : Voici ce que j'ai fait.

*

La porte s'ouvre. Elle s'avance. Elle sourit.

Franz vacille.

Il a honte, soudain, de s'être tenu loin d'elle plusieurs jours durant.

Il l'invite à s'asseoir, lui tend une tasse de café. Elle la prend dans ses deux mains, comme si elle avait froid. Elle ramène les jambes sous sa chaise.

Elle incline légèrement le buste, fait un geste vers le mannequin. Elle dit quelque chose qu'il n'entend pas.

Elle répète : Elle est vraiment superbe. La robe grise.

Franz répond : C'était il y a longtemps.

Il s'apprête à parler. Le parachute est là, derrière la porte, dans la chambre, sur le lit. Il n'aurait qu'à se lever, aller le chercher. Expliquer. Elle serait heureuse.

Elle tourne son visage vers lui. Un visage offert, radieux. On dirait qu'elle attend quelque chose.

Il se tait.

C'est trop tôt. Elle serait heureuse.

Elle remercie pour le café. C'est presque l'heure. Il faut qu'elle reprenne Rose chez la nourrice.

Elle le regarde une dernière fois. Elle espère, peut-être, qu'il prononce certains mots.

*

Emma est partie. Franz entre dans la chambre, emballe soigneusement son costume-parachute, le met dans un sac et sort.

Devant lui, l'Office national des brevets.

Au guichet, un homme lui tend un formulaire. Il faut décrire l'invention. Mais les mots ne lui viennent qu'en allemand, il bredouille, se confond en excuses, dit qu'il reviendra. Il envisage quelques instants de demander l'aide d'Emma, puis chasse cette pensée ; il attendra pour lui en parler que tout soit fini.

Il retourne rue Gaillon. Louise ne parle guère mieux français que lui. Une cliente accepte de les aider. Franz cherche ses mots, finit par trouver, satisfait : « Le costume objet de l'invention imite une chauve-souris déployée. » Il hésite, demande pardon, relève d'un coup la tête : « En cas d'accident, l'aviateur n'a qu'à écarter les bras et les jambes. » La cliente note sous sa dictée.

Franz se présente à nouveau au guichet. En tête du formulaire, il écrit, en grosses lettres appliquées, « costume-parachute d'aviateur ».

C'est fait.

Il est inventeur.

Puis il signe : *François* Reichelt.

L'homme reprend le papier et souligne d'un trait de plume la mention « Nationalité : autrichienne ».

Au bout de quelques mois, tu es devenu un compagnon. J'essayais de me représenter ta voix, l'accent rauque, l'hésitation quand tu parlais. Je me figurais là-haut, à cinquante-sept mètres du sol, si près de tomber et susceptible, encore, de me jeter en arrière. Je relançais la vidéo, ou je tournais les pages du grand cahier gris en cherchant dans chaque photo un détail que je n'y aurais pas vu, et c'était comme regarder en face ces vieux cauchemars d'enfance.

J'imaginais un livre qui raconterait ton histoire et, à travers elle, celle d'une époque lointaine, avec sa candeur, sa foi dans les promesses du progrès, sa passion nouvelle pour ces joujoux qu'on envoyait dans le ciel.

On te suivrait de Wegstädtl au Champ-de-Mars. Tu tiendrais un journal, écrirais des lettres, parlerais à tes proches en leur expliquant ton rêve. Tu dirais je. J'aimais cette idée : te donner la parole. Dans la vidéo, on ne t'entend pas. Le film préserve le visage, l'allure, le sourire, l'assurance bonhomme avec laquelle tu te présentes à la caméra, la peur même, quand tout ton corps se cabre au-dessus du vide, mais il te condamne au silence.

J'essayais quelquefois. Je passais de longs moments à ma table, accablé. J'échafaudais des plans.

Je renonçais.

Franz se redressa et s'appuya sur le coude pour mieux la regarder. Emma avait les yeux fermés. Elle semblait si vulnérable et en même temps si sereine qu'il en fut bouleversé.

Les craintes, les certitudes n'existaient plus. Tout avait vacillé. Ne restaient que la tiédeur d'une étreinte et l'évidence d'une présence : ce dos nu, serré contre lui, et ce visage offert à la lumière du jour qui commençait à poindre à travers les rideaux. Il ne savait presque rien d'elle. Ses pensées, ses espoirs demeuraient des mystères. Mais elle était là, bien là, il sentait sa respiration légère et c'était merveilleux.

Les mots, les questions lui venaient mais mouraient dans sa bouche. Il avait trop peur de briser l'instant – cette impression d'être au premier jour de la terre et d'avoir tout à créer.

De la main, il suivait les plis du drap qu'elle tenait replié sur sa poitrine. Il cherchait dans sa mémoire les mots, les gestes qui, la veille, les avaient poussés l'un vers l'autre. Les choses paraissaient si simples, si naturelles.

Le soir tombait. Il venait d'ouvrir son courrier. Dans l'une des lettres, les mots « République française » s'étalaient en capitales. On l'informait que la demande qu'il avait déposée durant l'été avait été officiellement acceptée trois semaines plus tôt, le 29 septembre 1910. Il était propriétaire d'un brevet de costume-parachute d'aviateur. Alors il était sorti. Il avait marché, longtemps, d'abord dans les rues, puis le long des quais, soulevé d'angoisse et de joie, avait fini par tourner d'un côté puis d'un autre et s'était enfoncé dans les ruelles. Il faisait nuit quand il s'était retrouvé devant l'immeuble d'Emma.

Ils avaient parlé. Ils avaient ri. Puis, peu à peu, ils s'étaient laissé emporter très loin de la laideur du monde.

Emma se tourna vers lui. Un léger cercle de bistre donnait un air douloureux à ses grands yeux noirs. Elle souriait.

Un frisson parcourut Franz. Il eut l'impression soudaine que sur le visage d'Emma, sur ses paupières fermées, sur son corps tout entier se projetait l'ombre gigantesque du passé : des caresses données par un autre et le souvenir des morts.

— Je suis désolé, balbutia-t-il en mettant la tête dans ses cheveux.

Emma ne comprit pas, ne distinguait qu'un murmure, un bourdonnement. À moitié endormie, elle prit la main de Franz et la porta contre ses lèvres.

*

Quand il se réveilla, elle était levée, habillée. Elle donnait à manger à Rose. Une joie simple illuminait son visage.

Franz s'avança vers elle et lui dit, dans un filet de voix :

— J'ai quelque chose pour toi. Donne-moi seulement un jour ou deux.

*

Il marchait sans rien sentir du vent qui s'engouffrait dans les rues ni rien voir de la ville qui s'éveillait autour de lui : il songeait aux derniers ajustements qu'il fallait apporter à son ouvrage secret.

Il n'y avait qu'une solution.

Louise n'avait pas de famille dans les environs. Maurice ne donnait plus signe de vie. Les clients ? C'était trop leur demander.

Franz hésita encore puis se rendit chez Katarina. Il n'aimait pas cette idée, mais il fallait se rendre à l'évidence : s'il voulait trouver un endroit d'où essayer son invention, il devait s'adresser à elle. Son mari possédait, à Joinville, une ancienne ferme où ils passaient leurs dimanches. Franz y était allé une fois. Il se souvenait d'une grange et d'une étable d'où, sans doute, il pourrait sauter.

Katarina, d'abord, se montra hostile. Quand son frère lui parla du brevet, elle le regarda différemment.

Et il y avait ce prix : 5 000 francs.

Une heure après, ils étaient dans le tramway pour Joinville. Katarina avait trouvé le moyen de convaincre un photographe de les accompagner.

— Cela pourra servir, plus tard. Pour les journaux.

*

Il est sur le toit.
Les tuiles scintillent dans la lumière. Ses jambes sont prises dans un entrelacs caoutchouteux de fils. Il écarte les bras ; le vêtement se tend. Il se penche.
L'endroit est merveilleux. C'est le royaume d'enfance retrouvé, un lieu d'où l'on ne verrait du monde que le ciel et les fleurs.
L'air n'a jamais été aussi transparent. Franz croit sentir un parfum de houblon. Une cloche de tissu dérobe son visage.
Quand il se redresse, un peu secoué mais sain et sauf, il rayonne de joie.
Il a réussi.
Il a sauté et il a réussi.

*

Il retira son costume et voulut rentrer à Paris. Katarina le retint un long moment en l'accablant de questions. Quelles étaient les conditions exactes pour remporter le prix Lalance ? Qui d'autre participait ?
Il n'en savait rien.
Katarina s'étonnait, répétait : 5 000 francs.
Franz acquiesçait, 5 000 francs, oui, mais pas seulement, le succès, la gloire, la vie d'aviateurs sauvés grâce à lui. Et en parlant, il pensait aux cadeaux qu'il donnerait à Louise, à Alice, à ce qu'il offrirait à Emma.
Katarina se renfrogna soudain, comme si elle avait lu ses pensées.
— N'empêche qu'une grange, c'est pas bien haut.

*

L'après-midi touchait à sa fin quand Franz quitta Joinville. Autour de lui, dans le tramway, tout n'était que chapeaux défraîchis, visages fermés, fatigue et lassitude. Lui rayonnait. Un élan d'amour l'entraînait vers les autres, vers le monde entier, vers les arbres décharnés et les façades grises qui défilaient derrière les vitres. Ce jour de novembre valait toutes les promesses. C'était une renaissance.

À ses pieds, tout contre lui, soigneusement replié dans une valise, le parachute était là.

Il avait réussi. Katarina avait raison, la grange n'était pas bien haute, il fallait recommencer, poursuivre les essais. Mais il avait réussi. Tout serait différent désormais.

Il regarda sa montre. Il arriverait bientôt.

Il se rapprochait d'Emma.

Il lui révélerait tout.

Et en pensant à elle, il revivait l'instant, cet abandon total, ce moment à nul autre pareil durant lequel il s'était senti à mi-chemin du ciel et de la terre.

*

En sortant de la gare, il regarda sa montre une nouvelle fois. Emma était encore au magasin. Il fallait attendre une heure ou deux. Elle lui demandait de ne pas venir dans la journée ; elle avait eu l'impression, quelques jours plus tôt, qu'une dame du voisinage l'avait montrée du doigt. Elle craignait les racontars.

Franz rentra chez lui. Quand il passa la porte, Louise

se précipita à sa rencontre. Comment s'était passé l'essai ? Franz n'eut pas à répondre : sa joie, son plaisir étaient si visibles que Louise l'applaudit. À son tour, Alice s'avança vers lui. Sa démarche manquait d'assurance : elle tenait dans ses bras une bouteille de champagne, trop lourde pour elle.

— Vous n'auriez pas dû, murmura Franz d'une voix émue.

Il posa sa valise, retira son manteau puis déboucha la bouteille.

Un peu plus tard, alors qu'ils étaient tous assis dans le salon, il se pencha vers Alice et lui dit :

— Donne-moi le bouchon qui est là, sur la table.

Il passa dans la pièce d'à côté puis en revint avec du fil et une aiguille.

— Tu prends ton mouchoir, tu fais quatre trous, là, aux coins. Tu passes un fil comme ça, tu attrapes le bouchon et tu fais un nœud. Tu le jettes en l'air et il va se poser lentement. Regarde.

La fillette, émerveillée, arracha le jouet des mains de Franz. Elle le lança à travers la pièce une douzaine de fois, sans jamais se lasser, riant aux éclats.

*

Franz, les yeux rivés sur l'horloge, dit à Alice et Louise qu'il était l'heure. Elles s'en allèrent. Il descendit dans la cour de l'immeuble, tourna la tête à gauche, puis à droite, comme pour évaluer des distances, déplaça quelques pots de fleurs puis partit.

Quand Emma le vit surgir dans le magasin de la rue

Richepanse, haletant, décoiffé, le col défait, elle crut qu'un malheur venait d'arriver. Elle demanda une seconde à la cliente dont elle était en train de s'occuper puis accourut vers lui.

D'abord, elle ne comprit pas. Il parlait vite, et mal. Il fit un effort sur lui-même, respira, puis s'expliqua plus posément. Il avait quelque chose pour elle. Non, rien de grave, mais c'était important. Elle devait venir rue Gaillon.

Est-ce que cela ne pouvait pas attendre ? Elle n'avait pas terminé sa journée. Et il y avait quelqu'un, ajouta-t-elle d'un ton de reproche.

Franz l'implora du regard.

— Laisse-moi une demi-heure, finit-elle par dire. Je te rejoins.

*

Ils étaient assis l'un en face de l'autre. Une vague appréhension s'emparait d'elle. Franz lui paraissait moins tendre qu'à l'ordinaire. Quand elle était arrivée chez lui, encore tout étonnée d'avoir été bousculée de la sorte, il l'avait à peine regardée.

Elle prit sa main dans la sienne pour l'encourager à parler. Ils restèrent silencieux quelques instants.

Franz inspira profondément puis se lança.

Il révéla tout.

Ce fut un débordement de mots. Voilure, sangles, résistance de l'air, aviateurs, caoutchouc, 5000 francs. Antonio. Antonio, son ami.

Emma, au début, ne comprit pas. Puis elle se raidit. Une douleur, lentement, montait en elle. Antonio ?

Franz avait connu Antonio et n'en avait rien dit.

Soudain troublé par son silence, Franz ajouta :

— J'ai un brevet.

Elle répéta, d'une voix blanche :

— Un brevet.

Ce mot, elle l'avait entendu dans la bouche d'Antonio. Lui aussi parlait de brevets. Quand il parlait. Quand il n'était pas parti. Quand il n'était pas dans son hangar, si loin d'elle. Elle se rappela le jour où elle l'avait supplié de rester à ses côtés, après l'accouchement.

Elle détourna la tête, saisie. Un grand froid l'envahissait. Parachute, aviateurs, aéroplanes. Les mots résonnaient dans le vide, perdaient leur sens. Le cauchemar recommençait.

Cela n'en finirait donc jamais ? Antonio. La faille qu'avaient creusée entre elle et lui son hangar, ses moteurs, ses mains huileuses, la crasse, les silences, les meetings, l'absence et l'égoïsme. Sa mort, absurde, idiote, puérile. Il l'avait sacrifiée sur un autel. Et voilà que Franz se préparait à la sacrifier lui aussi.

Pour un peu, elle se serait mise à crier. Ce parachute, c'était le passé, toujours. C'était lui dire : Tu es la veuve. Non, il ne l'aimait pas, il ne pouvait pas l'aimer. Il aimait ce qui, en elle, avait appartenu à Antonio.

Elle eut envie de se lever et de s'enfuir. S'expliquer ne servirait à rien. Il ne comprendrait pas.

Elle le fixa. Il souriait. Aveuglé, il ne percevait rien de ce qui l'agitait.

Alors elle éprouva de la pitié pour lui. Pauvre Franz.

Il croyait bien faire. Un parachute. C'était sa manière à lui de lui dire son amour. Maladroite, cruelle, sincère.

Elle prit sur elle de cacher son malaise. Elle s'efforça de sourire à son tour :

— Merci.

*

Depuis qu'elle a dit ce mot, Franz est quelque part entre le ciel et la terre. C'est le moment qu'il attend depuis des mois. Celui de l'offrande.

Emma se lève. Elle porte un chignon bas tout près de se défaire. Elle sourit. Elle est belle. Il a touché son cœur, il le sent.

Il la prend par la main et l'entraîne à l'autre bout du salon. Il lui montre une valise ouverte, sur le parquet. Il est là. Il est là : le costume-parachute. Celui-là même avec lequel, quelques heures plus tôt, il a sauté du toit de la grange.

Emma caresse le tissu, muette.

— Et maintenant, dit Franz, regarde.

Il ouvre un placard, en sort un mannequin. Il lui enfile le costume. Il conduit Emma jusqu'à la fenêtre de la cuisine puis disparaît dans la chambre. Là, il ouvre une autre fenêtre et jette le mannequin dans le vide.

On entend un bruit sourd.

Le parachute, entortillé sur lui-même, s'est à peine gonflé.

Quand Franz remonte, il porte le mannequin abîmé sur le dos. Il a de la terre sur les vêtements ; il parle vite, en butant sur les mots :

— Il y a eu un coup de vent. Je vais recommencer du cinquième étage. Les voisins comprendront. Le parachute aura plus de temps pour s'ouvrir.

Emma frémit. Quelque chose la retient de prononcer la moindre parole.

Elle retourne à la fenêtre. Le jour décline, des vapeurs froides s'élèvent du sol.

Elle voit à nouveau s'écrouler une masse sombre. Elle entend un craquement, des portes qui claquent. Franz reste un moment accroupi dans la cour, le dos collé au mur humide, les doigts noirs, la face tournée vers le ciel.

Quand il remonte, il a l'air d'un fou. La tête du mannequin a explosé. Des éclats de bois ont déchiré le tissu.

— Ce n'est pas grave, dit Franz. Il y a l'autre mannequin. Je vais recommencer.

D'un geste violent, il se met à tirer sur la Robe.

Emma pousse un cri.

Il s'arrête aussitôt.

Elle s'approche de lui. Elle ne sait pas ce qu'elle fait, mais elle s'approche de lui.

Il pleure comme un enfant.

— J'avais réussi. À Joinville, tu aurais vu…

Elle pose la main sur ses cheveux.

Elle dit : La deuxième fois, il est tombé moins vite.

*

Emma ne dormit pas. Elle n'avait pas voulu rester chez Franz. Trop de choses s'étaient passées. Ils en discuteraient un autre jour. Elle avait froid.

Franz ne dormit pas non plus. Une part de lui était restée à Joinville. Il ne comprenait pas.

*

Le lendemain, ils se parlèrent à peine. Ils étaient comme étouffés par l'imminence d'une nouvelle toujours au bord d'être annoncée. Même Franz sentait qu'ils s'éloignaient l'un de l'autre. Les yeux d'Emma semblaient avoir changé.

Ce mensonge. Son silence. Ces mots qui l'avaient brisée. N'y aurait-il donc personne pour s'intéresser à elle, et à elle seule, sans se sentir entraîné quelque part du côté du ciel ? Peut-être avait-elle rêvé. Il viendrait lui dire que rien de tout cela n'avait eu lieu. Elle attendait, s'agrippait à cet espoir.

Franz, lui, reprenait courage. Le parachute était moins abîmé qu'il ne l'avait craint. Il serait vite réparé. Chaque heure qui passait le confortait dans l'idée qu'il avait joué de malchance, l'autre soir, devant Emma. L'émotion l'avait rendu maladroit. Le mannequin n'était pas assez lourd, les sangles pas assez tendues. Sans parler de la hauteur, bien sûr. Qu'était-ce que trois étages ? Une douzaine de mètres, peut-être. Cinq étages ? À peine davantage. Il fallait être audacieux.

Il fallait viser plus haut.

*

Du sol au sommet, trois cent douze mètres. À la base, un carré de cent vingt-cinq mètres de côté, délimité par quatre piliers dont les fondations se perdent sept mètres sous terre, dans quatre fosses où des soubassements de béton reposent sur un lit de gravier. Mille six cent soixante-cinq marches, sept mille trois cents tonnes de métal, dix-huit mille pièces de fer qui toutes, poutrelles, arcs, croisillons ajourés, ont été pensées, dessinées, décrites soigneusement par des dizaines d'ingénieurs dans des milliers de croquis et de plans. C'est alors l'édifice le plus haut jamais construit par les hommes. C'est la Tour. C'est Babel. C'est la bergère d'Apollinaire, la girafe en dentelle de Cocteau, la cheminée d'usine de Maupassant, l'inutile et monstrueuse construction pourfendue par Zola. Elle est tiède encore d'avoir été fondue, martelée, caressée par tous ceux qui, deux ans durant, à raison de douze heures par jour pendant l'été, neuf heures pendant l'hiver, ont, rivet après rivet, assemblé, fixé, poli, rendu possible la formidable éruption de métal qui jaillit vers le ciel.

Elle est peinte en jaune.

Tout un peuple vit là. Opérateurs radio, amoureux en promenade, étrangers de passage, météorologistes, clients des restaurants et du théâtre qui s'accrochent à la première plateforme, tous se croisent et s'émerveillent de se trouver si haut, si loin de la ville sur laquelle la Tour projette son ombre simple.

Il arrive parfois qu'ils rencontrent, dans un ascenseur, un vieil homme à barbe blanche qui s'émerveille encore plus qu'eux. Alors ils le saluent très bas et, soudain émus d'avoir rencontré l'Histoire, ils s'en vont, répétant que Gustave Eiffel s'est réservé, au troisième étage, un bureau d'où il observe les étoiles.

Et ce soir-là, au pied de la Tour, il y a Franz.

Il vient de la préfecture de police. Dans la poche de son manteau, il sent le léger renflement que fait l'enveloppe qui va décider de son avenir. Sa demande a été acceptée et dûment tamponnée : dans trois jours, il sera là-haut, sur la première plateforme.

Et cette fois-ci, le parachute se déploiera.

*

Emma est épuisée. Elle ne dort plus.

Elle songe à ses parents, là-bas, qui l'implorent dans leurs lettres. Elle regarde autour d'elle. La chambre est vide, glaciale, humide. Rose est chez sa nourrice.

La porte s'ouvre. Franz entre :

— La lumière est belle, sur les quais.

*

— C'est dans trois jours. À la tour Eiffel. J'ai eu l'autorisation. Ils me l'ont donnée.

Il répète ces mots : La tour Eiffel.

Emma ne répond pas. À leurs pieds, la Seine se couvre de reflets blancs.

— J'aimerais que tu sois là.

Le regard d'Emma se durcit.

— Je ne viendrai pas.

Elle s'en veut soudain d'avoir été franche. Elle avance de quelques pas jusqu'au bord du quai. Franz ne bouge pas. Il la voit de dos. Elle fait une longue ombre noire sur la Seine. Il ne comprend pas. Ce parachute, c'est un cadeau, c'est pour elle.

Elle revient à ses côtés, les yeux rougis. Non, reprend-elle.

C'est pour lui, l'autre, le mort.

Le silence se referme sur eux. Ils songent aux nuits qu'ils ont passées ensemble, ces nuits qui s'éloignent, emportées par les eaux.

C'est pour toi… pour toi…, répète-t-il, la voix brisée.

Et peu à peu, creusant le fossé qui les sépare à mesure qu'il lui dit son amour, il se met à parler de chiffres, de mètres carrés, s'entêtant, évaluant ses chances de succès. Son invention sauverait des vies, ce serait pour elle, grâce à elle. Dans trois jours, trois jours. Il ne lui demande que ces trois jours.

Emma se tait. Elle les connaît déjà, cette lueur dans les yeux, cette manière de se laisser happer par un rêve où elle n'a pas sa place. Franz dérive loin d'elle. Comme l'autre.

— J'ai eu tort. C'était une erreur. Depuis le début.

Elle s'en va.

Franz reste immobile. Il la regarde disparaître au loin. Son manteau gris est cerné de poussière dorée. Des chiens aboient. Une péniche passe le long du quai.

La beauté du fleuve est intolérable.

Pas après pas, écrasé de fatigue, il rentre chez lui.

Les gens que nous aimons, nous ne pouvons rien pour eux.

J'avais une amie : M.

Quand elle vous regardait, c'était comme si vous seul existiez ici-bas ; on se sentait accueilli, compris. Elle avait le visage fin, le sourire généreux ; elle était toute petite et s'en amusait souvent. Elle aimait retourner chez elle, près de Montpellier : elle disait qu'elle ne pouvait pas vivre sans la mer. Depuis quelque temps, elle faisait de la poterie ; rien ne lui offrait tant de joie, disait-elle aussi, que de façonner un objet de ses mains. Elle avait lu tout Stendhal – jusqu'au moindre texte, tous les cahiers, toutes les lettres. Elle parlait de lui comme d'un vieux camarade.

Elle habitait dans le onzième arrondissement, une rue étroite, près de la place de la Bastille. Un joli studio, au dernier étage de l'immeuble. Des livres, des rayonnages entiers, quelques photos, de la couleur. La vue sur les toits était belle.

Un jour, elle nous a dit, parce que nous trouvions qu'elle avait l'air fatiguée, qu'elle n'allait pas bien. Cela faisait plusieurs semaines. Des tremblements la prenaient, des picotements, comme des brûlures. Le médecin parlait de fatigue, de stress. Cela passerait.

On lui fit faire un scanner. C'était un cavernome. Mot affreux, chose plus affreuse encore : un épanchement de sang dans le cerveau. Comme des décharges électriques qui s'insinuent partout dans le corps. À chaque instant, la menace d'une hémorragie. La peur. Des traitements lourds. Pas d'opération possible.

Comme elle riait, pourtant… C'est la première image qui me vient à l'esprit, les yeux malicieux, les pommettes un peu rouges, et ce rire communicatif. Elle refusait d'être vue comme une malade. La compassion l'irritait. Elle ne parlait du cavernome qu'à ses proches. Elle n'a jamais voulu s'en servir ; peu lui importait de savoir qu'elle aurait pu obtenir un poste plus commode, près de chez elle. Elle ne réclamerait rien. Elle voulait qu'on la laissât vivre sans rien avoir à demander. Ses élèves, ses amis, sa famille, son compagnon occupaient toute la place ; la chose n'avait qu'à se faire oublier. Et il y avait Stendhal, dont les œuvres complètes s'alignaient sur les murs de son studio, près de la fenêtre.

Quand on lui demandait si l'on pouvait l'aider d'une manière ou d'une autre, elle nous prenait la main d'un geste léger, rapide. Elle ne répondait pas. Il n'y avait rien à répondre.

26 novembre 1910. Les trois jours ont passé. Tout le monde regarde Franz. Les photographes se pressent autour de lui.

Il entend résonner les mots qu'Emma a prononcés. C'était une erreur. Depuis le début.

Une erreur.

Devant lui, la tour Eiffel se dresse, élancée, terrible. Il n'a pas dormi de la nuit. Il aurait voulu tout annuler : Emma ne viendrait pas. Peu lui importent le prix Lalance, le public, la préfecture de police. Mais il s'est dit qu'Emma, peut-être, se raviserait. Il espère encore.

Franz retire son costume. Il ne l'a enfilé que pour les photographes. Un policier l'aide à habiller un mannequin puis à le porter.

L'ascension est longue, délicate. Franz n'y croit plus.

Une erreur, depuis le début.

Le voici sur la plateforme, au premier étage de la Tour. Il se penche.

Il la cherche une dernière fois des yeux.

Cinquante-sept mètres. De là-haut, on ne voit rien.

En bas, deux policiers, des journalistes, quelques curieux. Il y a aussi Hervieu, l'ingénieur, un doigt posé sur sa montre.

Franz lance le mannequin. Sans même regarder, il se dirige vers l'escalier et redescend.

Quand il arrive, Hervieu fait non de la tête. Moins de quatre secondes. Le mannequin et le parachute sont tombés en moins de quatre secondes, la vitesse normale d'un poids qui chute de cette hauteur-là sans rencontrer de résistance.

Franz ferme les yeux.

À ses pieds, le vent fait gémir le tissu. Il entend, au loin, les clochettes d'un tramway. Des oiseaux passent sous l'arche de la tour Eiffel.

*

Il y eut les derniers jours d'automne, puis l'hiver.

Franz passait de longues heures au square, sous les arbres, indifférent à tout. Katarina, parfois, venait l'y chercher. Elle le ramenait chez lui, le recoiffait, le forçait à s'asseoir à sa table de travail. Il fallait se faire une raison, aller de l'avant, être un peu réaliste, enfin ! On n'avait pas idée de se laisser sombrer comme cela. Et tout en lui parlant, elle secouait des nappes, ouvrait des placards et se désespérait de tomber sur des tubes en métal, des pistons, des rouleaux de toile caoutchoutée.

Franz ne réagissait pas. Il regardait la Robe. Il préparait des phrases. Il assemblait des mots, lentement, les nouait, les cousait, les traversait de petits coups d'épingle pour leur donner du sens. Dans les tiroirs de son bureau, il conservait des dizaines de brouillons, tous couverts de ratures, de mots d'amour et de prières.

Il essayait de comprendre. Il l'implorait. Il lui souhaitait d'être heureuse. Elle avait dû se sentir trahie. Oui, il commençait à comprendre. Il comprenait qu'il l'avait perdue.

Il n'achevait jamais ces lettres. Il ne savait pas même où les envoyer. À Nice ? Il était allé rue Richepanse, il avait supplié les voisins, il avait couru dans les gares, il avait pleuré : personne n'avait pu lui dire où elle était allée. Elle était partie, c'était tout. Un soir, il avait cru la voir place de l'Opéra, elle portait un manteau clair, des vêtements bleu pâle, un chapeau assorti. La silhouette, les mèches folles sur le front, le cercle de bistre sous les grands yeux, c'était elle, il en avait eu, l'espace d'un instant, la conviction. Mais à peine avait-il fait quelques pas qu'elle avait disparu, noyée dans la foule.

Cela n'avait pas duré quatre secondes. La vitesse normale d'un poids qui chute.

Il aurait pu se mettre à courir, bousculer les passants, la rattraper. Une force suprême l'en avait empêché. Il l'avait déçue à jamais. Elle n'éprouvait plus pour lui que du dégoût. Il avait honte.

Et de ses mots aussi, il avait honte, incapable qu'il était de les écrire en bon français, sans fautes énormes, sans maladresse, sans rien qui ne fût une insulte à ce qu'il ressentait. Alors, parfois, il ouvrait son vieux livre de poésies et il recopiait quelques vers. Cela l'apaisait un peu.

Louise, un soir, quelques jours avant Noël, l'avait invité chez elle, rue Molière. C'était minuscule, il devait l'excuser, une chambre pour elle et une autre pour Alice, et cela ne se faisait sans doute pas de faire venir son patron chez soi, mais elle voyait bien qu'il avait besoin de parler. Franz y retournait de temps en temps.

Cela aussi l'apaisait un peu.

*

Ce n'était pas vraiment de la neige, mais une poussière blanche qui flottait dans l'air du soir, plus légère et plus lente que la pluie. Appuyé à la rambarde du balcon, Franz commençait à avoir froid. Il se donnait une minute encore avant de rentrer. La vapeur glacée s'épaissit peu à peu et le miracle, enfin, eut lieu: des flocons se détachèrent de la brume, d'abord minuscules, hésitants, puis soudain plus insistants. Ils oscillaient autour de lui, se posaient sur sa peau et disparaissaient, bientôt remplacés par des dizaines, des milliers d'autres, qui voltigeaient un instant puis s'en allaient mourir sur le sol.

Franz ne bougea pas. Il se perdait dans des souvenirs dont il n'était plus très sûr qu'ils fussent vraiment les siens. Le corps nu d'une femme allongée, baignée de lumière – puis soudain enterrée. Des cris recouverts par la rumeur du fleuve. Des mots qui l'avaient tant frappé un jour, à l'église: *Dieu a ton nom gravé sur les paumes de ses mains.*

Il frissonna puis rentra.

Ses pas résonnaient dans l'appartement. Sur la table, des factures, des quittances, deux lettres de réclamation. Les clients lui reprochaient de les oublier. Ses affaires, négligées depuis des semaines, allaient mal.

Ses différents modèles de parachute, roulés en boule,

étaient longtemps restés dans sa chambre, à côté du lit. Un jour, Louise avait tout rangé dans une armoire et ils n'en parlaient plus.

La photo d'Antonio était toujours là, dans le tiroir. Il n'osait pas la regarder. D'Emma, pas la moindre nouvelle. Trois mois avaient passé. Des gens disaient l'avoir vue à Paris, près du Quartier latin ; elle donnait des leçons de piano. Elle avait l'air heureuse. D'autres avaient lu son nom dans un journal, à Nice, une annonce de mariage, peut-être, ils ne savaient plus trop. On parlait aussi d'un long voyage, d'un paquebot, de vastes étendues de rizières.

Franz avait renoncé. Il avait renoncé à Emma comme à son parachute. Il abandonnait son rêve à d'autres. Au fond, il serait à peine un peu plus seul, désormais. Il continuerait à se lever chaque matin, s'enfermerait dans son atelier et verrait les heures s'ajouter aux heures jusqu'au jour où sa vie minuscule s'éteindrait d'elle-même, dérisoire et sereine. Bientôt son visage, le son de sa voix, son nom même s'effaceraient et il ne resterait rien de son échec comme il ne resterait rien de tous ceux qu'il aimait.

Il colla son front contre la vitre froide.

Un jour, il rentrerait chez lui. Il n'était pas le sien, ce monde où les toits, les façades vous dérobent la vue du ciel. Il passerait la porte un soir d'automne, traverserait ce qu'il y a à traverser, longerait des fleuves, parviendrait au village, secouerait la poussière de ses pieds et s'offrirait, vulnérable et radieux, aux regards de ceux qu'il avait quittés.

Et viendrait le moment où il y aurait une tombe à son

nom dans le cimetière de Wegstädtl. Une pierre blanche, très simple. Le soleil d'hiver la caresserait comme une main légère. Des reflets bleus, un arbuste. Un jour, plus rien ne porterait à conséquence. Il n'y aurait qu'à se taire et à tout accepter.

*

Au même instant, dans sa petite chambre, Alice se releva pour courir à la fenêtre. Elle suivit des doigts les flocons qui s'accrochaient à la vitre : la lueur d'un réverbère leur donnait des reflets dorés.

Louise entra dans la chambre. La fillette se précipita sous la couverture de peur d'être grondée. Elle murmura : Reste un peu avec moi.

Puis elle cracha du sang.

*

Deux heures plus tard, Franz arriva en courant.

Elle avait la tête renversée, les yeux grands ouverts, le cou atrocement gonflé. Sa main était brûlante. Elle suffoquait.

Le médecin lui fit un signe, voulait lui parler. Diphtérie maligne, sans doute. Les chances étaient minces.

Franz retourna près du lit.

Alice essaya de dire quelque chose mais n'y parvenait pas. Le visage crispé, elle souleva un bras. C'était un effort terrible.

Louise, penchée vers elle, répétait : Ne te fatigue pas. Tout va bien. Ne t'inquiète pas.

Ses mots se perdaient en sanglots.

Alice pointa longuement le doigt vers la commode puis ferma les yeux.

Elle dort, finit par dire le médecin. C'est le mieux qui puisse lui arriver pour le moment.

*

Le lendemain, l'état d'Alice ne s'améliora pas. Franz allait et venait entre la rue Gaillon et l'appartement de Louise. Le soir, il éprouva le besoin de marcher.

Il remonta le quai d'Orsay. Des plaques de neige sale n'en finissaient pas de fondre sur la chaussée. Il savait bien, sans vouloir se l'avouer, ce qui aimantait ses pas. C'était plus fort que lui. La Tour l'attirait. Elle l'attirait comme ce désir, peut-être, de revivre l'échec, l'anéantissement, l'absence d'Emma.

Et tout en marchant, d'un pas toujours plus rapide, il regardait la Seine, songeant à ce que serait son baiser s'il s'y laissait tomber, yeux fermés, bouche ouverte, aspirant l'eau froide jusqu'à ses poumons.

*

Alice mourut le dimanche d'après, sans s'être réveillée.

J'ignore l'heure qu'il était, cette nuit de mai, en 2016. M. a ouvert la fenêtre. Elle a sauté. Ce sont des passants qui l'ont retrouvée. Elle avait trente-trois ans.

Alice, allongée, a l'air un peu plus grande. Ses pieds font deux pointes sous le drap blanc. Quelques fleurs, blanches elles aussi, ont été posées autour d'elle.

Les mains l'une sur l'autre, la tête légèrement penchée, sa mère est assise à côté du lit. Elle n'entend rien, ni le bruit de l'horloge ni les rumeurs de la ville. Elle est résignée comme devant tout ce qui, dans le naufrage de sa vie, ressemble à du malheur. Rien ne peut plus l'atteindre.

Franz fait un pas vers elle.

Il voit que Louise tient dans ses mains un mouchoir. Un mouchoir avec quatre trous, une ficelle et, au bout de la ficelle, un bouchon de champagne qui tourne sur lui-même. Sans bouger la tête, Louise dit à voix basse :

— C'est ça qu'elle nous montrait. C'était dans le tiroir de la commode.

Puis, après un long silence :

— C'est ça qu'elle voulait. Je n'ai compris qu'après.

IV

Onze mois ont passé.

Onze mois depuis le jour où il lui a semblé comprendre que Louise, assise sur sa chaise à veiller le petit corps, lui demandait de ne pas abandonner.

Le rêve l'a repris tout entier. Pour Alice.

Ses yeux se sont creusés, ses épaules se sont voûtées. C'est une faim, une soif. Un inventeur, je suis un inventeur, il répète ces mots chez lui, dans la rue, face aux clients. Il agite les bras en parlant de chauves-souris. Les gendarmes le soupçonnent de boire, les enfants ricanent sur son passage.

Il fait comme s'il ne le remarquait pas. Il sait, lui. Il sait qu'il réussira. Et les rires, les regards de pitié, les injures même ne sont rien.

Ses livres de comptes débordent de commandes absurdes, de tissus importés d'Amérique, de cordes prétendument incassables, de métaux rares, de ressorts, de caoutchouc. Quand une cliente passe encore la porte pour se faire faire une robe, il n'a pas ce qu'il faut. Et à elle, comme aux autres, il expose, de sa voix très basse, les mérites de son parachute. Si l'on essaie de le mettre en garde, il croit pouvoir imposer le silence en répondant : 10 000.

C'est la récompense du prix Lalance, qui vient d'être doublée. Nombre magique. On a l'impression, quand il le prononce, qu'il le caresse. S'il avait ces 10 000 francs, ou même 5 000, ou même 1 000, tout irait différemment, il pourrait porter la dernière touche à son œuvre, la rendre parfaite, sublime.

Et plus tard, après le prix, viendraient les commandes, le succès, la gloire, et avec eux la vie, la vie de milliers d'aviateurs qui, grâce à lui, échapperaient au sort funeste que leur réservent les aéroplanes.

C'est une chute lente, acceptée, exaltée. Franz est appelé par des voix qu'il est le seul à entendre. Il porte son rêve comme une blessure au flanc. Il est ivre.

Il est heureux.

*

Louise est encore là. Son patron n'a plus guère de travail à lui confier, mais elle passe ses journées à l'atelier. Pour ne pas être seule. Pour le regarder faire. Et tandis qu'il recommence les mêmes calculs ou resserre les mêmes sangles, ou qu'il lui explique une nouvelle fois ses projets pour l'avenir, souriante, en extase, le corps toujours plus amaigri, les pupilles dilatées, elle se laisse entraîner par son rêve à lui, acquiesçant à sa démence, à ce parachute auquel elle s'accroche comme à la seule chose, dans le tissu défait de leurs vies, qui ait encore du sens.

Quand il murmure le nom d'Emma, Louise le répète à son tour. Depuis qu'elle est privée d'Alice, elle n'existe plus par elle-même. Sa vie se confond avec celle de Franz. Elle a épousé ses désirs, sa folie. Elle partage quelque chose de son amour moribond pour une autre.

Elle ne mange presque plus. La moindre bouchée lui fait un poids sur le ventre. Elle est parfois si faible qu'elle doit rester alitée. Ces jours-là, Franz abandonne tout et se précipite à son chevet, rue Molière. Il pose un linge mouillé sur son front, lui sert des infusions, prend sa main dans la sienne. Et tout en la couvrant d'attentions, il reprend le grand récit des progrès qu'il a faits. L'argent viendra, elle pourra se soigner, tout changera.

Et quand ils doutent, quand le ciel est noir, quand Katarina crie sa colère contre Franz, quand quelqu'un l'implore une fois de plus de renoncer, ils répètent tous deux ces mots : Alice l'aurait voulu. Son prénom contient tout, justifie toutes les privations, éclaire tous les espoirs, rachète toutes les erreurs.

D'Alice elle-même, ils ne parlent jamais. Ils n'en ont pas besoin. Elle est partout. Le parachute, c'est Alice. Le square, la rue Gaillon, la Robe, le soleil, la pluie, c'est Alice. Ils vivent dans l'évidence de sa présence.

Je pense souvent à ces deux hommes, sur la plateforme. À ce qu'ils ont dû ressentir, ensuite, une fois l'incrédulité passée. Le feu qui brûle les joues, le cœur qui explose, les jambes soudain très lourdes : la honte. Ils étaient là et ne t'ont pas retenu.

Je n'avais pas appelé M. depuis plusieurs semaines. J'ignorais ce que j'aurais dû savoir, que son état s'était dégradé, qu'elle vivait seule désormais, qu'elle avait passé un long moment à l'hôpital. Elle venait juste d'en sortir. Le jour d'après, elle devait s'installer dans une colocation ; elle était attendue. Son studio était vide. Elle avait voulu y passer une dernière nuit.

Tout cela, je ne l'ai su qu'après.

Une semaine avait passé, déjà, quand j'ai appris sa mort. Une amie commune m'a appelé. Il y avait une enquête de police, c'était un tourbillon, un choc pour tout le monde, aucune date pour les funérailles. Je ne comprenais rien, il fallait répéter, je bégayais, le cavernome, c'était la chose, n'est-ce pas, ce truc au cerveau, ça l'avait tuée ? Non, la fenêtre, la nuit, c'était horrible, horrible. « Elle a mis fin à ses jours », j'entends encore la voix, les mots précis, non pas « elle est morte », « elle s'est suicidée », mais « elle a mis fin à ses jours », avec cette métaphore des jours, cette tournure un peu datée, cérémonieuse – comme pour tenir la nouvelle à distance, ou plutôt la contenir dans le carcan des mots. Oublier la fenêtre, la rambarde, ne plus rien dire du corps, de la morgue, de tout ce que cette nuit de printemps a emporté.

Un peu plus tard, il y a eu le cercueil de bois clair, la grande photo dans un cadre, l'odeur écœurante des bouquets de lys, puis, quelque part, à un moment, des cendres versées dans la Méditerranée.

J'ai refait ce rêve, les rambardes qui lâchent, le sol qui s'ouvre, les failles, et la chute.

Le parachute, de couleur kaki, se compose désormais de deux parties : un costume tenant lieu de vêtement et pourvu, sur le dos et au-dessus des épaules, d'une sorte de hotte dans laquelle sont fixés deux tubes ; une grande toile de soie, repliée dans la hotte. À l'avant du costume, sur un plastron, des boutons à pression doivent permettre, grâce à un système de ressorts, de tringlettes et de courroies, d'actionner deux tiges coulissant dans les tubes. Lors de la chute, ces tiges libèrent un morceau d'étoffe solidement cousu au parachute et qui, du fait de la résistance de l'air, entraîne en principe avec lui toute la toile.

C'est ce qu'explique Franz dans les additions qu'il apporte à son brevet d'invention.

En réalité, la chose fait un bruit affreux quand on marche. Les tubes se tordent. Tout est sur le point de craquer. La toile, d'une surface de trente-deux mètres carrés, demeure deux fois trop petite.

Il n'y a que Franz pour ne pas s'en rendre compte ou ne pas l'admettre. Dans les premiers jours de 1911, il retourne chez Hervieu.

Aucune chance, dit Hervieu d'un ton tranchant. Le mannequin arrivera en miettes.

Franz réprime un sourire.

Il a prévu l'objection et n'en a cure : il n'a plus l'intention de jeter un mannequin.

*

L'idée, germée on ne sait où, a grandi en lui comme une herbe folle.

S'il a échoué devant Emma, dans la cour de l'immeuble, s'il a échoué au pied de la tour Eiffel, ce matin de novembre, c'est à cause des mannequins.

Un mannequin ne peut pas adapter ses mouvements, se cabrer, tirer un peu plus sur une ficelle, épouser le souffle du vent. Et surtout, un mannequin, c'est quand on doute.

Il sait qu'il doit sauter lui-même.

Si vous aviez de la foi comme un grain de moutarde, vous diriez à ce mûrier : Déracine-toi et plante-toi dans la mer.

*

Le 3 février 1912 est un jour de pleine lune. Temps couvert, températures négatives. Au petit matin, Franz se rend dans les locaux de plusieurs journaux parisiens. Chapeau à la main, voix douce, il explique qu'il a sollicité de la préfecture l'autorisation de faire de nouveaux essais depuis la tour Eiffel et que la démonstration se fera le lendemain, 4 février, à sept heures trente.

Son regard est plus clair que jamais. Il a une forme de beauté farouche, orgueilleuse. Il fait forte impression.

Les éditions du soir parlent de lui : *« Demain dimanche matin, du haut de la première plateforme de la tour Eiffel, M. Reichelt, inventeur, fera des essais d'un nouveau vêtement parachute pour aviateurs avec lequel il compte concourir pour le prix Lalance. Dans les expériences de dimanche, le mannequin qui était employé d'ordinaire sera remplacé par l'inventeur qui se lancera résolument dans le vide, tant il est sûr de réussir »* (*L'Auto*, 3 février 1912).

*

Après sa tournée des journaux, Franz prend la rue Saint-Augustin puis la rue de Richelieu et gagne le square Louvois. Là, il fait le tour de la fontaine et s'arrête un instant. Il n'est pas revenu ici depuis la mort d'Alice.

Les bancs ont été repeints d'une couleur criarde ; deux d'entre eux ont été déplacés ; plusieurs arbres ont été coupés.

Il finit par rentrer chez lui, foulant la neige qui, seule, ne change pas.

Il y a plusieurs années, M. m'a envoyé une photo, par mail. C'est la seule que j'aie d'elle. Elle a été prise avec un téléphone. Elle devient floue quand j'essaie de l'agrandir. M. voulait me montrer son « petit porte-bonheur personnel ». Elle est assise en tailleur. Tout contre elle, blottie, une petite fille, sa nièce, à qui elle fait voir un livre d'images.

Je pourrais décrire, décrire encore, la couleur des vêtements, le mouvement du corps penché sur le côté, le radiateur à l'arrière-plan, le manteau jeté sur un fauteuil, le coin d'une fenêtre. Mais ces mots suffiront puisqu'aucun ne peut suffire : elle est là, c'est elle.

Je n'ai rien à ajouter. Tout est dit : je la revois.

Elle a l'air heureuse.

Je ne sais pas si, à la date de la photographie, elle se savait malade.

Je crois que oui.

Cette photo, je l'ai imprimée, elle aussi, quelques jours après sa mort. Je l'ai collée à la suite des autres, dans le grand cahier gris.

Elle y ajoute de la couleur.
Elle y ajoute de la douleur.

Il n'est peut-être pas trop tard. C'est ce qu'elle se répète en montant les marches deux par deux, les mains tremblantes, rouges encore d'avoir porté des valises. Pas trop tard pour quoi ? Elle l'ignore. Revenir. Réparer ce qui peut l'être. Lui demander pardon. Le pardonner. Lui dire qu'ils ont été idiots. Qu'ils sont passés tout près du bonheur.

Elle s'arrête brusquement. Troisième étage, la grande porte en bois clair. Elle y est.

Elle frappe.

C'est là, dit-elle à voix haute, comme pour tromper son angoisse.

Elle frappe encore.

Il va ouvrir. Il faut qu'il ouvre.

Une minute passe. Un vertige la prend. Il est sorti, c'est bien normal, une livraison, une commande, une promenade, n'importe quoi, il reviendra bientôt. Un mot, oui, elle va laisser un mot, c'est la meilleure chose à faire, il est sorti, il reviendra.

En fouillant ses vêtements, elle trouve un vieux carnet

– celui, elle en prend soudain conscience, dans lequel elle a, des mois plus tôt, écrit le nom de Franz pour la première fois. Elle arrache une page, griffonne l'adresse d'un hôtel, plie la page sans la signer. Au moment de la glisser sous la porte, elle la rouvre, se relit, et, d'un geste hésitant, elle ajoute ces deux mots : Pour Franz.

Des mois de fatigue tombent sur elle.

Elle descend l'escalier à pas lents.

*

En sortant, elle rencontre, juste devant l'immeuble, une femme qu'elle a l'impression de connaître. Elles échangent un long regard.

— Vous êtes Mme Fernandez, dit l'une.

— Et vous, la sœur de Franz. Vous lui ressemblez.

— Il n'est pas là.

Emma fait un léger mouvement de la tête. Elle se force à sourire.

Katarina répète, en plissant les yeux :

— Il n'est pas là.

Et elle ajoute, avant de reprendre sa route :

— Il est tout le temps fourré chez Louise, maintenant.

*

Emma marche jusqu'au square Louvois. Elle s'assied sur le rebord de la fontaine. Elle regarde la souche d'un arbre.

Franz, chez Louise.

C'était ce qui devait arriver.

Et elle repense à cette petite fille qu'elle voyait souvent avec lui et qui, maintenant, a trouvé un père.

*

Franz demande à Louise de le laisser seul et s'enferme dans la chambre. Le mot d'Emma est devant lui. Lui revient soudain l'image, rêvée peut-être, d'une femme vêtue de bleu, près de la tour Eiffel.

Il porte la main à son front; la fièvre monte. Tout un monde silencieux reflue en lui, des visages perdus, les éclats d'un temps passé.

Revoir Emma. Être à la veille du saut et revoir Emma.

Pour la première fois depuis des mois, il sent faiblir ses certitudes.

C'est la vie, c'est l'amour qui se rappellent à lui, comme une ultime tentation sur son chemin.

Il pense à Alice, à son petit bras tendu qui lui montrait la voie: le parachute, l'audace, le grand saut. Il embrasse du regard son invention, étalée sur son lit, puis se tourne vers la fenêtre. C'est le soir. Quelques heures seulement…

Un frémissement le traverse.

Il arrache une page à un cahier et, avec l'orthographe qui est la sienne, il écrit qu'il fait don de tous ses biens à Mme Louise Schillmann. Il tient à ce que sa sœur Katarina ne touche rien.

Puis il ajoute:

« Exusé moi de la douleur quel je pourrai vous causer. Envoyé mes vetement a mon père ainsi mes bijou ma bague et montres. En vous embrassan bin sincerement,

Reichelt 8 rue Gaillon »

Il ferme les yeux un instant, se projette dans ce qu'il vivra le lendemain, sur la Tour. Il se dit que les mots qu'il vient d'écrire ressemblent à ceux d'un homme qui sait qu'il va mourir.

Il chasse cette pensée en souriant.

*

Franz met la feuille de papier dans une enveloppe qu'il dépose sur son bureau. Il rejoint Louise dans le salon. Il ne lui dit pas qu'il vient d'écrire son testament. Elle lui prend les mains.

— Il vous reste une chose à faire.

— Oui.

Il la suit. Il sait où elle l'emmène.

C'est un immeuble imposant, avec une haute façade de couleur crème et de larges balcons aux formes arrondies. Au quatrième étage, une fenêtre éclairée se détache dans la brume hivernale qui tombe peu à peu sur la ville.

Louise glisse son bras sous le sien puis dit, d'une voix rapide :

— Je vous laisse.

Franz reste immobile, les yeux levés vers la fenêtre. Il fait un pas vers la porte cochère puis s'arrête à nouveau. Il aperçoit un banc, tout près de là, sous les arbres noirs. Des paquets de neige durcie pèsent sur les branches.

Il s'assied sur le banc, seul dans la rue gelée.

Ses paupières s'abaissent. Il monte les marches, l'une après l'autre, d'un pas léger. Une vieille femme – il lui semble la connaître depuis l'enfance – l'accueille en murmurant : Il y a longtemps qu'elle vous attend. Il se laisse conduire jusqu'à une autre femme, debout près des fenêtres. Elle porte une robe de laine noire, très simple.

Il se relève brusquement, soudain transi de froid.

C'est trop tôt.

J'irai demain, se dit-il. Quand j'aurai réussi. Demain, juste après le saut.

C'était en 2016, le dernier jour de novembre. L'après-midi touchait à sa fin. Le brouillard tombait sur Paris. J'étais place de la Bastille.

Quelques années plus tôt, M. nous avait donné rendez-vous là, sur les marches de l'escalier qui mène à l'Opéra. Nous y étions restés longtemps, puis nous étions allés chez elle, dans son studio plein de livres. C'était un soir d'été. C'était la jeunesse, encore.

Six mois avaient passé depuis la nuit de mai.

J'étais seul, j'avais du temps à perdre. Non loin de moi, une mendiante, un enfant dans les bras, psalmodiait des prières dans une langue que je ne comprenais pas. Quatre soldats patrouillaient, l'air dur et inquiet. Il faisait froid, très froid. Le bruit des moteurs, les klaxons, les cris s'en trouvaient comme assourdis.

L'immeuble où M. avait vécu n'était qu'à dix minutes. J'ai voulu revoir l'endroit, ou plutôt le voir – voir le lieu où elle est morte. Je me suis enfoncé dans un boulevard, puis un autre, pour finir par me perdre dans un lacis de rues dont les noms ne me disaient rien. J'avais oublié l'adresse. Je suppliais des yeux les passants, toujours plus nombreux, toujours plus pressés, dont pas un n'aurait pu me dire où aller ni comprendre ce que j'essayais de trouver.

Dans mon errance, je la revoyais, les joues un peu roses, ses longues boucles d'oreilles qui faisaient des cliquetis, j'entendais l'enthousiasme dans sa voix quand elle parlait de ses élèves. Je pensais à cette habitude qu'elle avait d'offrir un livre et à la manière dont elle nous demandait, ensuite, ce que nous avions lu, aimé ces derniers temps, et c'étaient alors de longues conversations où elle en revenait toujours à Stendhal et Modiano. Je revoyais aussi ce crématorium qui sentait la javel, le long trajet sous la pluie, les bords de Seine fermés, le fleuve en crue. Un temps de chien, du gris, du noir, des trottoirs inondés, à mille lieues de ce qu'elle aimait, la mer, la côte sud.

À chaque endroit, un détail ravivait quelque chose en moi. C'était peut-être cet immeuble, ou celui-là. Je comparais les balcons, je comptais les étages. Ç'aurait pu être n'importe quelle rue. N'importe quelle fenêtre.

À un moment, j'ai cessé de chercher. Au fond, j'aimais mieux l'idée de ne pas être sûr. Les absents sont partout.

V

4 février 1912.
Il est sept heures trente.
Il a trente-trois ans.

*

Un taxi s'engage lentement sur le parvis de la tour Eiffel. Les portières claquent. Franz s'avance vers la foule, vêtu de son costume-parachute. Le soleil perce à peine à travers la brume. Il fait, d'après les journaux du jour, moins 6 degrés.

Une quinzaine d'agents de police ont tendu un cordon autour de la Tour. Des reporters se précipitent vers Franz. Deux opérateurs de cinéma sont là, avec leurs caméras à manivelle.

Franz se laisse filmer avec un plaisir évident. Il tourne sur lui-même, fait admirer sa tenue puis salue la caméra en retirant sa casquette, tout sourire.

Les journalistes, le lendemain, souligneront sa belle humeur.

Il se pavane.
Personne ne peut le voir, mais sous sa combinaison, il a mis ses habits du dimanche.
Ses souliers sont vernis.
Et il a peur.

*

Les agents de police, les curieux, les journalistes, il les regarde, les dévisage l'un après l'autre. Dans sa candeur, il ne voit pas la lueur dans leurs yeux, la joie mauvaise sur leurs visages, l'excitation de ces hommes tordus par le froid. Tous savent qu'il va mourir. Les policiers ne bougent pas, haussent les épaules : ils n'ont pas reçu d'ordres. Les journalistes ne bougent pas davantage, tout à leur impatience de voir jusqu'où ira le fou. Ceux qui murmurent qu'il finira par renoncer sont des menteurs, des complices. Ils espèrent repartir avec la photo qui fera sensation, préparant déjà les gros titres du lendemain – le Saut dans la mort, l'Expérience fatale, l'Icare des temps modernes.

Un mot, un geste pourraient suffire pour sauver Franz Reichelt.

Mais il n'est personne. Juste un étranger.

Et il est un spectacle.

Quand l'un des gardiens de la tour Eiffel demande à voir l'autorisation que Franz a reçue de la préfecture, on retient son souffle. Le gardien proteste, le papier parle d'un mannequin, où est le mannequin, qu'est-ce que ce costume ? La foule pousse un cri de dépit. Elle veut voir couler le sang, entendre le bruit que font les os lorsqu'ils se brisent. Le brave homme se met à douter, demande quelques minutes, téléphone à la direction. On lui répond que l'illuminé n'a qu'à faire ce qu'il veut. S'il réussit, la publicité sera excellente. S'il échoue, ce sera mieux encore.

Puis c'est Hervieu qui tente de s'interposer, car il est là aussi, arrivé un peu tard, essoufflé. Il se jette sur Franz, lui rappelle que ses essais, absolument tous ses essais ont échoué. Il l'implore, la catastrophe est assurée, la mort certaine.

Franz ne réagit pas. La mort certaine, c'est peut-être ce qu'il veut. Il tend la main à l'ingénieur, l'air de dire : sans rancune.

Puis il se retourne vers la foule, s'assure d'être au centre des regards et place une phrase qu'il a préparée la veille :

— Je tiens à l'existence, et je ne tenterais pas l'aventure si j'avais le plus petit doute sur le succès.

Hervieu baisse les bras. Il l'aura prévenu. Et il se prépare, comme les autres, au spectacle.

Au fond, il n'y a que Louise qui pourrait l'arrêter. Elle est là, elle aussi, un peu en retrait, discrète. Mais elle y croit, elle. Elle est la seule à y croire. Elle regarde Franz comme on regarde un prophète.

Alice l'aurait voulu.

*

Il est huit heures dix.

Soudain plus lourd, portant son parachute comme on porte une croix, Franz avance à pas mesurés vers la porte du pilier ouest puis entame l'ascension, gravissant les marches et tournant déjà ses pensées vers la dernière, la trois cent soixante-quatrième, celle qui le mènera jusqu'à la plateforme où l'attend l'Histoire. La peur disparaît. Ne restent bientôt que le désir, la poussée formidable de la Tour qui, telle une sève, l'entraîne dans sa verticalité colossale et sereine, et voilà, tandis qu'il monte et se met peu à peu à courir dans l'escalier, qu'il sent revenir tel un grand fleuve les sortilèges de son enfance, l'odeur des herbes sèches et du houblon, les longues promenades sous les arbres et le soleil qui passait à travers le feuillage comme ici les premières lueurs du jour d'hiver s'insinuent entre les marches de fer ; par moments, il s'arrête, jette les yeux à travers les arcades de métal, regarde la ville comme s'il la découvrait et se dit qu'il écrira à ses parents sitôt rentré chez lui, oui, avant même d'aller voir Emma, il écrira une lettre pour leur dire qu'ils ont de quoi être fiers de lui et que la lumière sur Paris est la plus belle chose qui soit. C'est alors qu'arrivé à l'étage, ayant fait le tour de la plateforme et poussé soudain un cri de joie, il choisit l'endroit d'où il s'élancera quelques minutes plus tard, ce sera juste là, au-delà de la rambarde intérieure, face à la Seine, entre le pilier est et le pilier sud, il aura dans son dos le Champ-de-Mars et l'École militaire et devant lui le trou central, la balustrade d'en face et le ciel ; en baissant les yeux, il verra le fleuve et au-delà du fleuve la fontaine et le palais du Trocadéro, aussi coloré qu'un décor de théâtre, et tout en bas, minuscules, la trentaine de policiers, de journalistes, les quelques badauds qui lèvent la tête vers lui et vers lesquels le porte, quand il se penche, un élan d'amour.

S'émerveillant encore il est rejoint par un cameraman et avec lui par un savant, c'est la Ligue aérienne qui l'envoie pour qu'il y ait des témoins, puis arrive un troisième homme, ils seront quatre en tout, c'est Maurice, son ancien apprenti, dix-neuf ans désormais, Maurice qui lui demande avec angoisse s'il est bien certain de vouloir sauter, ce à quoi il répond avec un sourire et un geste d'affection qu'il est heureux d'être avec lui ce matin, et voilà qu'au moment où s'étant penché sur la balustrade extérieure Franz crie à bientôt à bientôt en agitant les bras, la rambarde lui paraît bien trop haute, Maurice vient l'aider à traîner jusque-là deux chaises et une table qu'ils trouvent dans l'un des restaurants de la plateforme puis ils placent une chaise devant la table et l'autre sur la table.

Et Franz monte.

Les deux hommes prennent position derrière lui, la caméra commence à filmer et voilà oui voilà qu'ayant posé le pied sur la rambarde, au-dessus des cinquante-sept mètres où se mesure l'écart entre le rêve et le réel, et sans plus rien voir de ceux qui l'entourent, Franz se penche, courbé toujours davantage vers le gouffre qui l'appelle et lui montre ce à quoi il aspire depuis non pas deux ans, mais depuis ses premières années quand penché sur le fleuve qui passe à Wegstädtl il éprouvait ce désir d'y plonger, cependant qu'en bas Hervieu se met à crier que c'est trop long, trop absurde, qu'il renonce ou qu'il saute, et la foule crie avec lui, la foule n'en peut plus d'attendre le spectacle la mort le sang, la foule hurle elle désire elle sue de plaisir mais Franz prend son temps, il pense aux matinées d'enfance et aux choses qui ne reviennent pas, dans le jour qui se lève peu à peu au-dessus de Paris il sent les corps perdus entend les voix éteintes et se libère du passé, s'éloignant à jamais de cette terre amère et purifié lentement dans ce ciel blanc et gris qui se colore soudain de rouge et de vert c'est un éblouissement et quand il saute il s'élève il s'élève découvrant la joie le bonheur la présence.

Tout est accompli.

*

Les visages sont figés, les entrailles brûlent. On se regarde. Deux ou trois hommes plongent les mains dans cette chose qu'ils n'arrivent pas à nommer : ils fouillent, ils creusent, démêlent les fils, écartent les linges et rendent à la lumière du jour le corps sans vie de Franz Reichelt.

Un filet de sang, presque figé déjà, s'écoule avec lenteur du nez et des oreilles. Les yeux sont grands ouverts. La face est grise, la bouche béante, comme si un cri s'apprêtait à en sortir.

Il fait froid, tellement froid.

Quelqu'un se courbe vers la poitrine pour écouter le cœur. Il n'entend que le bruit des chaussures sur le gazon gelé.

*

Louise baisse la tête.

Une femme s'avance à pas lents. Elle porte une robe de laine noire, très simple.

Quand j'ai repris mon errance dans Paris, étrangement apaisé, je me suis dirigé vers la Seine. J'ai longé le fleuve, longtemps. Je fixais des yeux la pointe de la tour Eiffel.

Gaillon, rue Gaillon.

Ce fut d'un coup la seule chose qui me parût sensée, et digne d'être faite : marcher jusque là-bas, comme on marche vers un lieu saint. Je n'y étais jamais allé. L'idée même de m'y rendre ne m'avait pas effleuré. Je n'avais sur moi ni téléphone ni plan, mais je savais – étrange ironie – que c'était dans le quartier de l'Opéra Garnier. Un Opéra, un autre. Je finirais bien par trouver.

Quand j'examine un plan, aujourd'hui, je mesure combien c'était facile, le Louvre, la Comédie-Française et, de là, l'avenue de l'Opéra qui, au bout de quelques centaines de mètres, m'aurait conduit rue Gaillon. J'aurais dû y arriver rapidement ; je me suis perdu. Je ne saurais dire par où je suis passé. Je ne me souviens que du givre sur les bancs, les arbres, et puis des lueurs bleutées qui s'éteignaient lentement sur les pare-brise des voitures. La ville s'avançait vers la nuit.

Tout en marchant, je voyais défiler ces images que j'avais collées dans mon cahier gris, toi les mains ouvertes, un pied sur la rambarde, le soleil dans les yeux, une cloche de tissu sur le visage. Je me répétais en boucle l'ouverture de La Divine Comédie, *« au milieu du chemin de notre vie », et il m'apparaissait moins comme un milieu que comme un éveil, une déchirure, ce moment qu'on ne trouve sur aucun calendrier – jusqu'alors on se sait mortel, voilà qu'on commence à se sentir mortel. Ce milieu du chemin de la vie, j'y étais.*

J'ai fini par tomber sur un square, le square Louvois. Au centre, une fontaine. Je me suis assis sur le rebord. Le givre dessinait des visages sur la pierre froide.

Ta rue, ton immeuble étaient tout proches.

Après quelques instants, j'ai fait le tour de la fontaine, pris la rue de Richelieu puis tourné dans la rue Saint-Augustin. Place Gaillon, je me suis arrêté une nouvelle fois.

C'était là.

Une rue étroite, pas très longue. Des dizaines de scooters s'alignaient sur la gauche. Quelques personnes discutaient bruyamment devant un café. Au loin, j'entendais une sirène de police. J'ai avancé, lentement. J'apercevais un bel immeuble, richement orné, très Belle Époque. Arrivé à sa hauteur, j'ai vu qu'il portait le numéro 12. Venait après un énorme bâtiment moderne; les fenêtres du rez-de-chaussée, fort basses, étaient couvertes de barreaux. À intervalles réguliers, trois pancartes rouges: Interdiction de stationner. C'était sans doute le numéro 10. Il n'avait qu'une seule porte, sans interphone, sans nom, sans rien qui pût indiquer s'il s'agissait de logements ou de bureaux. Au-dessus de la porte, un numéro : le 6.

J'ai cru, d'abord, que l'obscurité me trompait. Mais non, c'était bien le 6, suivi, un peu plus loin, du 4. Et plus loin encore, au bout de la rue, à gauche et à droite, deux banques.

Le 8 n'existe plus. L'adresse elle-même n'est qu'une illusion. Une chimère.

Je suis resté là un moment, puis je suis reparti. À mesure que je m'éloignais de la rue Gaillon, mes pensées me ramenaient vers ce cahier gris que je n'avais pas ouvert depuis plusieurs semaines.

Des mots que j'avais rêvé d'y jeter, rien n'était né. Les plans, les grands projets, la fresque romanesque qui dirait ta vie, toute ta vie, rien de cela ne prendrait forme. Rien ne serait jamais à la mesure de ces photos, ni de ce vieux film en noir et blanc. Il m'a semblé que le livre, s'il devait exister, ne pouvait être qu'un bruissement parcouru de silences. Plein de blancs et de fantômes.

Quand j'ai regagné les quais de Seine, la nuit était complète. Quelques flocons commençaient à tomber. Une lueur attira mon regard, sur la droite.

C'était la tour Eiffel. Elle scintillait.

Le corps de Franz Reichelt fut conduit à l'hôpital Laennec, où les internes de service constatèrent le décès. On transporta la dépouille rue Gaillon. Un journal rapporte les mots qu'a prononcés la concierge de l'immeuble en voyant le corps : *« Je l'avais bien dit ! »*

Il y eut une veillée funèbre, puis un enterrement au cimetière de Pantin. Ceux que Franz avait connus ne voulurent ou ne purent payer qu'une concession de six ans – la moins chère. La tombe n'existe plus.

En décembre 1912, le prix Lalance fut remis à un certain Frédéric Bonnet. Il n'était pas ingénieur, ni savant : il était cantinier au 23e chasseurs alpins.

Pour la dernière fois, je lance la vidéo. Tu es là, face à nous, immobile.

Tu décroises les bras et, lente, silencieuse comme la mort qui vient, la cérémonie reprend : je retrouve tes gestes, le mouvement des pieds, ton corps qui tourne sur lui-même, ton sourire quand tu portes la main à ta casquette. Chaque seconde, désormais, est comptée. Te voici déjà sur la chaise, un pied sur la rambarde.

Les deux autres hommes sont sortis du champ. Tu es seul. Seul face au vide. Le sacrifice humain se prépare ; tu es le prêtre et la victime.

Ta mort est devant toi. Elle se dit au futur. Tu es mort mais tu vas mourir encore.

Tu te penches, recules, te courbes vers l'avant puis recules à nouveau. Ce léger repli du tissu, dans ton dos, c'est l'instant, nous y sommes.

Ici, j'arrête le film. Je ne veux plus voir la suite – l'arche de la tour Eiffel, le ciel blanc, le point noir qui tombe.

J'aimerais te laisser là-haut. Au moment où rien n'est écrit. Le parachute pourrait se déployer. Tu arriverais indemne. Tu serais acclamé. Le lendemain, les journaux parleraient de toi comme d'un héros. Le miracle pourrait avoir lieu.

Et cette image que j'ai figée, je la regarde encore, encore. C'est la soixante-dix-neuvième seconde : tu as déjà sauté, on voit bien la rambarde, plus rien ne la recouvre, mais la chute n'a pas commencé, ou si peu, quelques centimètres à peine. Tu flottes, tel un dieu ou un saint dont un peintre aurait voulu célébrer la gloire.

Comme à Joinville, ton visage nous échappe : une grosse bulle de tissu t'arrache à nos regards. Tu es n'importe qui, un mystère, une page blanche.

Tu es tous ceux qui sont tombés. Tu es ceux qu'on a perdus.

Tu es cette évidence qui suffit à me rendre le jour un peu plus beau et le soir un peu plus triste, cette évidence que mes mots ne font qu'attester, cette évidence que dit chacune des images où demeure quelque chose de leur présence et se retrouve leur visage familier, aimé, envolé : ils ont été.

REMERCIEMENTS

Je voudrais dire combien m'ont été précieux, outre le site gallica.bnf.fr, qui donne accès aux nombreux articles de presse suscités par la mort de Franz Reichelt en 1912, les travaux de Gérard Hartmann sur la Grande Semaine d'aviation de la Champagne et surtout le bel ouvrage de David Darriulat sur Reichelt (*Un tailleur pour dames au temps des aéroplanes*, Édilivre, 2011). Je dois également beaucoup au *Bruissement de la langue* et à *La Chambre claire* de Roland Barthes.

Enfin, je tiens à remercier chaleureusement Christophe Aimé, Sophie Berlin, Marianne Bétinas, Cécile Delmas et Philippe Manevy pour leur lecture et leurs suggestions, et dire mon immense gratitude à l'égard de mon éditrice, Charlotte von Essen, pour sa confiance et son attention de tous les instants, ainsi qu'à l'égard d'Anne, première lectrice et dédicataire de ces pages qui lui doivent absolument tout.

Composition : Entrelignes (64)
Achevé d'imprimer
par Normandie Roto Impression s.a.s. à Lonrai,
en septembre 2021
Dépôt légal : septembre 2021
Premier dépôt légal : juin 2021
Numéro d'imprimeur : 2104907

ISBN 978-2-07-292082-0 / Imprimé en France

431787